全民微阅读系列

没有翅膀的飞翔

刘清才　著

江西高校出版社

图书在版编目（ＣＩＰ）数据

没有翅膀的飞翔/刘清才著. —南昌:江西高校出版社,2017.9（2024.9 重印）

（全民微阅读系列）

ISBN 978－7－5493－6063－5

Ⅰ. ①没… Ⅱ. ①刘… Ⅲ. ①小小说—小说集—中国—当代 Ⅳ. ①I247.82

中国版本图书馆 CIP 数据核字（2017）第 225561 号

出 版 发 行	江西高校出版社
社 址	江西省南昌市洪都北大道 96 号
总编室电话	(0791)88504319
销 售 电 话	(0791)88592590
网 址	www.juacp.com
印 刷	北京一鑫印务有限责任公司
经 销	全国新华书店
开 本	700mm×1000mm 1/16
印 张	13.5
字 数	180 千字
版 次	2017 年 9 月第 1 版
	2024 年 9 月第 3 次印刷
书 号	ISBN 978－7－5493－6063－5
定 价	58.00 元

赣版权登字 –07 –2017 –1168

目 录 / CONTENTS

县　长

县长的车子在龙王沟边停下来，一道宽宽的土坝，把这条著名的泄洪排涝干沟拦腰截为两段。县长走上土坝，用脚踏一下，坚硬得像混凝土。

乡长从后边气喘吁吁地跑上来，用手指点着土坝，汇报说，下面埋有两孔水泥管道，不影响排水泄洪。

县长仔细地看着，沟里积蓄着一些污水，水面平静，纹丝不动，水泥管被埋在水下，一点儿也看不见，青青的芦苇从水边钻出来。他拾起一块坷垃，投入水中，泛起一朵水花，很快又恢复了平静。

疏通过没有？他问。

疏通过，疏通过。乡长连忙回答，我曾亲自安排这个村的村主任进行疏通。

村主任老王来了，他小心地看了一眼乡长，又满面笑容地看着县长，说，这个工程是我亲自带人干的，本应修一座桥，可村里没钱呀！村主任口齿伶俐，好听的话张口就来。

我问你疏通过没有！县长直视着村主任的脸，说。

村主任毫不犹豫地回答，疏通过，疏通过。他说完，又看看乡长。乡长说，老王是一个负责任的干部，他办事尽可放心。

县长下了土坝，踩着沟坡上的杂草，走下沟里，在水边停下。他瞅了一眼乡长，又瞅了村主任一眼，说，乡长大人，你愿意亲自下水摸一下吗？

没等乡长开口，村主任便着急地叫起来，不行，不行，这水下不得，水里有蚂蟥，会往肉里钻，还有水长虫，怪吓人的……

县长笑了，说，老王，你这是吓唬乡长，还是吓唬我？

乡长看一眼县长，县长丝毫没有改变主意的表示，他只好乖乖地下水了。水长虫倒没看见，蚂蟥却真的有，正往右腿肚子里钻，他用手抹了一下，左腿肚子又痛起来。传说，蚂蟥这东西厉害得很，如果它钻进肉里，就会一直往里钻，直到钻进心脏。乡长哆嗦了一下。

乡长从沟里爬出来，小心地摘着黏在腿上的蚂蟥。

怎么样？县长帮他拉下一条来。乡长犹豫了一下，看看村主任，又看看县长，咬着牙答道，确实已经疏通。

然而，县长决定亲自下水。从他观察到的情况看，他总有些怀疑。县长这一举动，实在出乎乡长和村主任的意料，乡长慌了，村主任急了，一边一个拉着县长，苦苦劝阻，不让他下水。村主任说，水里有蚂蟥。乡长说，你有关节炎啊！但是，这怎么能阻止得了县长呢？他下水了，一直向深处趟过去，水没到他的腰，没到他的胸口，在他身后，水波呈 V 字形渐渐扩展。要命的倒不是蚂蟥，而是关节炎，腿钻心似的痛起来，他简直迈不动腿了。他拼尽全身力气，摸到了两根水泥管，然而，却被淤泥堵得死死的。他愤怒了，忍不住就要骂人了。

县长是怎样从沟里爬出来的，连他自己也不记得了，奇怪的是，他的腿一点儿也不痛了！

他不动声色地向村主任说，请你把刚才说的话再重复一遍，好吗？

村主任面红耳赤，舌头僵在嘴里，一点儿也不灵便了。

乡长大人，你也说说你刚才说过的话。县长又面对乡长，乡长满脸冒汗。县长穷追不舍，问道，我的乡长大人，我弄不明白，当你亲自下水，明白了真情以后，为什么还继续瞎说，欺骗我。

乡长擦擦脸，嗫嚅着说，我以为，以为……

县长冷冷地一笑，替乡长说下去：你以为我这次检查不过是例行公事，你和村主任说什么，我就会信什么，对不对？县长提高了嗓门儿：我不是昏官，不是糊涂蛋！

乡长和村主任像打了霜似的，蔫头耷脑，一句话也说不出来。

郭信贷进村记

郭信贷是镇上的信贷员，他一年两次到村里来，春天送贷款，秋后收贷款。送贷款的时候，他的大黑皮包装得满满的，收贷款的时候，他的大黑皮包也是满满的。在那个秋天的傍晚，郭信贷又来了，仍然提着他的大黑皮包。

刚刚秋收了的小村，到处显得鼓鼓囊囊，臃肿不堪，这儿一堆刚刚割到的谷子，那儿一垛未及打场的大豆，金黄的玉米满满地挂在树杈上，雪白的棉花高高地摊晒在屋顶上，酣然入睡的大肥猪躺在狭窄的猪圈里，大黄牛粗大的脊背顶着了低矮的牛棚。不知是谁在村委会的大喇叭里招呼过了，郭信贷来收贷款的消息，早已经传开了，人们揣着崭新的钞票，三三两两地赶到五叔家里。

五叔不是村干部，只因他家位于村中央，郭信贷便坐在他家的正房里临时办公，五叔便成了临时招待员。他殷勤地问郭信贷,吃了没有? 没吃就先吃了再说。郭信贷说,吃了吃了,吃了饭来的。五叔便烧水沏茶,擦桌子,搬凳子,还忙里偷闲跟人们扯闲话,不甘寂寞的郭信贷也时而插上几句话,言来语去,谈笑风生,气氛融洽和谐。黄毛抢先把钱塞给郭信贷,便蹲在一边去了。郭信贷哗哗地点着,细长的手指灵活麻利。他把一沓钱卷成"U"形,大拇指蘸着唾液,一张一张往下捻,钱随手动,频频下落,速度之快,令人目不暇接。

五叔咧着厚嘴唇,瞪眼瞧着郭信贷点钱的手,手动一下,他的嘴唇也随着动一下,还不时发出啧啧声。他笑了,说:"郭信贷,你也太笨! 在喇叭里吆喝吆喝,俺大伙儿把钱送过去,不就得了,省得你大老远地往村里跑!"

蹲在墙角的黄毛附和道:"就是! 要不,等俺们卖棉花的时候,你干脆把钱扣下也中……"

"你小子光出馊主意! 真要那样儿,你们又骂我官僚主义!"郭信贷一本正经地说。他一边说,一边用细长的手指戳一下五叔的脑门儿,五叔咧开厚嘴唇笑起来,屋里响起一片开心的笑声。

"郭信贷,你的手真是神手哇!"五叔瞧着郭信贷细长灵巧的手,厚嘴唇又翕动起来,殷勤地给郭信贷倒茶。

"不是吹,那回县里比赛,咱得了这个!"郭信贷眨着眼,翘起细长的大拇指。他又换了一种点钱的姿势:把一沓钱放在桌面上,一张张地往上揭,同样又快又准。

"屋顶子快吹起来啦!"

"……"

又是一阵愉快的笑声。

不知不觉,桌上小闹钟的时针已经指向十二点,谁家的大叫驴扯破喉咙大叫起来,划破寂静的夜空。郭信贷真的累了,双手举过头顶，伸了个懒腰。人们交上贷款，都走了。五叔把自己贷的那笔款，交给郭信贷。春天的时候，他用这笔贷款买了两头小牛和五只小猪，不过半年多功夫，小牛长成了大牛，五只小猪长成了大肥猪，卖了个好价钱。

郭信贷接过捆扎整齐的几沓钞票，问："你点过没有？"

五叔说点过了，正好，不放心你就再点点。郭信贷看一眼他的厚嘴唇，便不再点，把钱放进他的黑皮包，说："算了，相信你！"五叔动了动厚嘴唇，也没再说什么，他从郭信贷那大而含笑的眼神里，看到了一种高尚的东西——信任。

郭信贷提起装得满满的大黑皮包，就要走了。屋外黑夜沉沉，万籁俱静，一股凉凉的风吹进屋内，五叔看看那满满的大黑皮包，不由打了个寒战。他似乎想起了什么，便去叫黄毛，黄毛还没回家，正蹲在墙角打瞌睡。他把黄毛叫醒，要和他一块去送郭信贷。郭信贷却执意不要，他说咱们这儿风平浪静，安安稳稳，没有劫道的，放心好了！然而，五叔并不放心，说，不怕一万，就怕万一，送送保险！郭信贷推不了，只得在前头走了，五叔和黄毛保镖似的跟在后头，三个人消失在漆黑的夜色里……

除　夕

大年三十，是乐安城一年里最后一个集日。赶年集的人们熙熙攘攘，人头攒动，大街上满是蠕动着的人和走不动的车。街两边，各种商品琳琅满目，应有尽有，商贩们抓住最后的半天时间大甩卖。

旺发收拾货摊回家的时候,已是下午三点多了,他想回家后吃点东西抓紧去桑树寨,把今年的最后一件事给办了。乐安城离桑树寨三十多里,骑上摩托车很快就到了,耽误不了傍晚回家放爆竹。这是今年春天的事,他因手头紧,赊了桑大山 2000 元货物,说好卖完了就还钱的。

翠花在上午帮他看了半天摊儿,晌午时候就回来了,把屋里、院子里收拾干净,清除了屋顶上的蜘蛛网。过年嘛,不仅要吃好喝好,还要把一切灰尘清除干净,这是从古至今沿袭下来的老习惯。

旺发抬头看看天,天上早已阴沉沉的,零零散散地飘起了雪花,不一会儿雪花就下得密密的,鹅毛大雪纷纷扬扬。昨晚他看天气预报,说鲁北地区有中到大雪。这不,说下就下了。

旺发看着飞落的雪花,犹豫着。"等一会儿再说吧。"翠花说。旺发看了媳妇一眼,她正忙着包饺子,把包好的饺子摆在锅盖上。翠花包的饺子小巧好看,一个个像月牙儿。

"从南边来了一群鸽鸽儿,飞到锅里打转转儿……"

外边响起爆竹声,有小朋友在打雪仗、唱儿歌。旺发想,说不定桑大山正在家里等着呢!桑大山这人不错,欠他钱,他从没催过。只是前些天,他碰上桑大山,说等大年三十下午,散了年集,就给他送钱。可是没想到,天不作美,下起了大雪。

天黑了,地上的雪厚厚的,还没有停的意思。外面放起爆竹来,一阵紧似一阵。看来,今年这个账还不了了。旺发心里一阵沉重。他在门外放了几挂爆竹,爆竹发出噼里啪啦的声音,好像不如往年响。翠花煮熟了饺子,饺子冒着浓浓的热气,旺发却没有食欲。她忽然听见外面有敲门声,谁呀?不会是桑大山吧!旺发疑惑着开了门。只见门外站着一个"雪人"，那人浑身上下都是雪，眼眉上、嘴唇上都结了白白的一层霜，鼻孔里往外冒着白白的热气儿。

"富贵，是你!"旺发说。

来人叫张富贵，是桥头镇的，在乐安城往南四十五里。他用力踏了踏鞋底上的雪，进了屋。旺发和翠花用疑问的眼神看着他，又互相对视一眼，猜测他的来意。大过年的，这么远的路，又是这样的鬼天气，他怎么来了?

"这路上不好走吧?"旺发一边给他递烟倒水，一边问。

"哎呀! 路上的雪这么厚!"张富贵用手比画着，"那老北风刮得透心凉!"

"摩托车还骑得动吧?"旺发紧跟着问。

富贵叹一口气，骂道:"我这摩托车该换新的了，也是天气冷，路上光捣蛋，经常熄火。"

旺发又给富贵点烟。富贵暖和得差不多了，手在衣袋里抠，摸出 150 元钱来，放在桌子上。

"这是咋回事儿?"

旺发和翠花都愣住了。

"这是两个月前……"富贵说。

原来，两个月前，富贵在旺发这里买了 150 元钱的东西，当时钱不凑手，没有付钱。说好几天后再还，但他由于事多，居然把这事给忘了。直到今天，他才想起来，说什么也不再往后拖，便骑上摩托车，专程给旺发送钱。凑巧的是，旺发也把这事给忘了，如果不是富贵提起来，他说什么也想不起来了!

"这样的鬼天气，又是大过年的，这么远的路，专程来跑一趟，值得吗?"旺发埋怨道。

"不把这个账还了，老在心里压着，不是个事儿，过年也不安稳！"富贵说。

富贵走了。摩托车的声音在除夕夜晚此起彼伏的爆竹声中消失了。然而，"还账如割癣"这句话还在耳边响。刚才富贵说这句话时，旺发脸上微微发红，好像有意说给他听的。此时此刻，他心里更不踏实了。他看看天，还在下，看看地上的雪，厚厚的。

"不行，我得去桑树镇。"旺发说。

"这天，你可得小心！"翠花不放心，叮嘱道。

"没事儿！"旺发拍拍结实的胸脯。他揣上2000元钱，穿上棉大衣，戴上头盔，手套，去发动摩托车。摩托车响了，车灯划出一道耀眼的亮光。

代表证

村主任发给张木根一张代表证，说是让他去乡里参加代表会。张木根做梦也想不到，他会成为代表，代表全村人。他拿着那个代表证，仔细地瞅着。代表证印制精美，红底黑字，"代表证"三个粗体大字格外醒目。村主任说："我想了好几天，想来想去，还是你比较合适。"他说："这是村里对你的信任，你不要辜负领导的信任啊！"

张木根立时觉得这张代表证沉甸甸的。他疑惑地想，当代表应该能说会道，不说别的，起码能把心里话说出来。可自己呢，就像个闷嘴葫芦，肚里有话嘴里说不出，根本不是当代表的料儿，怎

全民微阅读系列

么就成了代表呢？说实话，他真不愿意当这个代表。

村主任似乎看出他的心思，开导他："我正是看你不会讲话才让你去的！你不要有什么顾虑，到乡里开会呢，只要带着耳朵就行，不要随便讲话，不该讲的不要讲！领导让你做什么，你就做什么，该举手的时候就举手，该鼓掌的时候就鼓掌。"

张木根还是有顾虑，他说："还是让张有法去吧，他能说会道，脑子灵活，办法也多，村里好多人都想让他当代表。"

村主任鄙夷地说："他怎么行！"

张木根不明白，问道："为啥？他不愿意去？"

村主任边走边说："你以为这是赶集呀，谁愿意去谁去？"

张木根这才想起来，张有法和村主任平常尿不到一个壶里，要不是村主任在竞选时请客拉票，那村主任的头衔恐怕就是张有法的了！

张木根去乡里开会了。

进会场的时候，他见村主任把代表证仔细地戴在胸前，他也把代表证拿出来戴上。小组讨论的时候，代表们都笑嘻嘻地夸赞乡政府领导有方，乡里工作出现很大变化，有的还赞扬乡领导清正廉洁，也有的说乡领导为民办实事，如此等等。轮到张木根发言了，张木根却说不出来。村主任小声地说，拣该说的说！"啥该说啥不该说？"张木根还在犹豫。村主任提醒他，就说说村里的巨大变化吧！张木根没吭声。村主任又让他称赞乡领导，他觉得这些话人家都说了，自己再说就重复了，他不愿意重复人家的话，再说，说那样的话很有些拍马屁的味道，他可不愿意拍马屁。因此，还是没吭声。村主任急了，用眼睛瞪他。他想起张有法，张有法以前曾跟他说过，乡、村干部不作为，只忙着搞政绩，不管民生大事。他也觉得张有法说得对。想到这里，他咳嗽一声，说：

"我觉得，当代表不能光说好话。就说俺村里吧，"村主任的脸黑下来，使劲瞪他，但他没看见。"油漆路都通到村口了，可是就是通不到村里去，村里的路坑坑洼洼，每逢下雨，满地泥泞，根本出不了村……"村主任使劲地咳嗽，张木根看他一眼，这才知道自己说的不中听，便停住了。

吃饭的时候，村主任虎着脸问他："木根，你怎么了？你怎么说这样的话？这修路的事不在村里，主要是乡里承诺的资金不到位，现在你说这话不是打乡里领导的脸吗？哎呀！你……"

张木根讷讷半晌，说："我也是觉得这话该说，才说出来。"

村主任说："该说也不能说！临来时，我怎么嘱咐你的？你都忘了？"

张木根说："唉，你不是让我把该说的说出来吗？"

村主任说："你还有理了！这样的话该说吗？"

张木根叹口气，说："唉！当个代表这么多事！我说我当不了，你偏偏叫我当……"

"好了好了，别说了！今后注意！"

张木根不吭声了，他心里堵得慌，拿着筷子的手哆嗦起来，饭也吃得没滋没味。

选举了，选票发下来，选票上早已经印好了候选人的名字。张木根拿一支笔，想要在选票上写什么。不错，他想删除一个候选人，把张有法的名字填上去，因为他觉得，选张有法最合适了，凭张有法的本事，当个乡长绰绰有余！但是，还没动笔，就被村主任看见了，立刻制止他："你这是做啥？这上面的名字一个也不能改，把这张票原封不动地投进票箱就行了！"

张木根说："为啥？刚才乡里领导不是说，如果对候选人不满意，可以另外填写他人吗？"

村主任说:"领导虽然这样说,但也就是一句客气话,不能拿着棒槌就当针(真)。"

张木根不满意了,说:"为啥不能当真?难道这是闹着玩的事?"

村主任也说不出为啥,但就是不让他写。张木根捏着笔的手哆嗦着,他的牛劲上来了。他想:发言的时候你就找毛病,投票了,你又找别扭,既然让我当代表,我就行使代表的权利,爱选谁选谁,用不着你来指手画脚!他不顾村主任的反对,硬是填上张有法的名字,把选票投进票箱里。再看村主任时,只见他的脸都气绿了!

张木根终于抬起头来,挂在他胸前的代表证闪闪发亮。

我是一个兵

"快救人呀,丫丫掉进井里啦!"

听见喊声,人们急火火地赶到井边,睁大眼睛往井下看。黑洞洞的井里,井水泛着白亮的、瘆人的光。人们商量下井的办法,有说用梯子的,有说用绳子的,还有的说不出话,只顾一个劲地跺脚。这时候,只听一人大喊:

"我来了,我下去!"

一个身穿绿军装的年轻人,以百米冲刺般的速度飞奔而来。他是二柱,刚从部队退伍回来,家门还没进,背包还没卸下肩,听说有人掉下井,两腿变成了风火轮,来到井边,纵身跳下井去,轰

没有翅膀的飞翔

地一声巨响,水花飞溅到井沿上。

正是深秋,井水极凉,他身上立即起了一层鸡皮疙瘩。水那样深,他扎了一个猛子还没有摸到底。井底那样阔,他在井底摸来摸去,摸了好一会儿,也没摸到丫丫。实在憋不住了,他浮上水面,换了口气,又沉下水去。

在水里时间久了,就像置身冰窖里,冻得他浑身打战,他身上的热量在一点点消耗。他咬着牙,伸开手,四下触摸,还是摸不着。他不得不再次浮出水面。

井沿上的人们把头伸进井口里,冲他喊:"怎么样?摸到了吗?"

井筒里,传来隆隆的回音。

他换了一口气,第三次沉下水去,更加仔细地摸。怪!还是没有。在井底的时间太久了,身上的热量似乎一点也没有了,身子就像不是他自己的,他再也坚持不住了!就在他即将失望地再一次浮出水面时,他的手指尖隐约触碰到一缕茅草般细软的毛发,好像是头发,顿时,心里一热,希望来了,力气也随着来了,他紧紧地抓住那缕头发,仿佛一松手就没有了!他用力一拽,把丫丫拽到身边。

绳子从井口递下来,他把绳子拴在自己腰上,把丫丫拴在自己身上,两手抱住丫丫,井口边的人们共同用力,一二三,他们离开了水面,可是,就在他们上到一半的时候,意外发生了!

往上移动的绳子摩擦着井口,一块青砖松动了,人们发现时,已经晚了!旋即,那块青砖从井口掉下,直直地落下去。有人大声喊:"二柱,小心!"二柱隐隐感到了灾难的来临,不错,那块砖不偏不倚,向头顶砸来,不,准确地说,是朝丫丫的头上砸来!重力加速度,这块砖具有多大的重量!二柱急出一身冷汗,他两只手抱着丫丫,无法用手臂遮挡,也来不及了!就在那块砖落到头顶的刹那间,二柱本能地一低头,用自己的头护住丫丫的头。只听"嘭!"的一声闷响,大青砖砸在二柱的头上。他立即昏厥了。人们把二柱拉出来,只见他的头上裂开一道宽宽的口子,血从伤口汨汨地流出来,流在地上,染红了一大块地方。丫丫被他紧紧地抱在怀里,两只手的手指紧紧地交叉着,人们费了好大的劲,才把他的手指掰开……

十几年后,丫丫出落成一个水灵灵的大姑娘。可是,到了结婚的年龄,却找不到一个合意的对象。同她一般大的姐妹们早已出嫁,孩子都会跑了。每当看到领着丈夫、牵着孩子、满怀成就感、傲气十足回娘家的姐妹们,她心里就像打翻了五味瓶。

在集上,她正在跟刚结识的一个外村小伙子亲昵地交谈,不远处,一个军人模样的人边唱边朝这走来:"我是一个兵,来自老百姓……"他身穿绿军装,头戴绿军帽,长得干净利索,除了没有帽徽领章,与军人没啥两样。走到丫丫跟前,忽然停住,对小伙子行了个军礼,眼睛直勾勾地盯着他说:

"你是不是说我傻呀,我可不傻。我是一个兵……"

丫丫在旁边的包子铺买上十几个包子,递给他,说:"干爹,你快回家吧,别乱跑了!"他接过包子,顺手递给小伙子,说:"你吃,你吃,别害怕。我不傻……"小伙子不敢接,一个劲往后倒退,包子咕噜噜地滚落一地。他赶紧弯下腰,一个一个地捡起来,不顾上面沾的灰尘,塞进嘴里吃起来,边吃边说:"包子好吃,不能浪费!"丫丫不让他吃,把包子抢过来,丢进路边的垃圾箱,他又从垃圾箱里拣出来,捧在手里走了,边走边唱:"我是一个兵……"

他是二柱。他的头部受伤后,变成了傻子。为报答他的救命之恩,丫丫把他认作干爹,他老了,她为他养老送终。小伙子还未从刚才的惊吓中缓过神来,他虽然喜欢丫丫,但却难以接受这个疯子,最后还是离开了……

二柱经常躲在一边哭泣,哭得鼻涕眼泪满脸都是。有时候,他还狠狠地把头往墙上撞,撞得头破血流。人们看出来,他想把自己撞死。终于有一天,他失踪了,人们从村边那口井里发现了他的尸体……

丫丫出嫁了。出村时,眼睛不由地向那口井远远望去,两行晶莹的泪珠滚出眼眶……

胜　选

眼下,跑官、要官、买官的屡见不鲜,可是,你见过送官的吗?这不,王镇长就要去送官。他把官送给谁?不是别人,就是拐弯刘村的刘大发。他准备送给刘大发什么官呢?说大也不大,说小也不小,就是拐弯刘村的村主任。有人会疑惑:王镇长跟刘大发是不是亲戚朋友?不然,怎么会送官给他?其实,王镇长跟刘大发还真没有亲戚关系,也不是朋友,以前也没有见过面。只不过王镇长听说过刘大发的名字,知道他的一些事情,便觉得拐弯刘村的村主任应当由他来干,就是这么简单。可是,让人不可思议的是,刘大发居然不识好歹,对王镇长的赏识不但不感到高兴,反而一口拒绝了!王镇长居然效法刘备三请诸葛亮,反反复复地来刘大发家好几趟,好话说了三千六,请刘大发出山,但刘大发就像吃了秤砣铁了心,死活不干!

王镇长想，刘大发不愿干村主任，必有缘由。他很想知道刘大发不愿当村主任的缘由，便又一次来到刘大发家。刘大发正在喂牛。他家的牛可真牛，一头头膘肥体壮，十几头牛并排站在牛栏里舔吃草料，沙沙的声音就像一阵阵轻音乐，悦耳动听。王镇长咳嗽一声，希望引起刘大发的注意，但刘大发好像被那轻音乐迷住了，只是专注地看着他的牛。

王镇长微笑了一下，用手拍一下他的肩膀，他这才回过头来。

王镇长说："拐弯刘村说大不大，说小也不小，总不能没个人出来管事吧？"

刘大发没吭声。

"作为拐弯刘村的村民，你看得比我清楚，你说除了你，谁干最合适？"王镇长问道。

"我看，没一个合适的！"刘大发把头摇成了拨浪鼓。

"那么绝对？"王镇长又笑了。

"既然如此，你为什么不想干呢？"王镇长一双眼睛盯住他。

刘大发又不作声了。半晌，他说："说实话，我不愿当上面任命的村主任，要当就当村民自愿选举的村主任，那样脸上才有光彩，说出的话人家才愿意听！"

"这话不错。可是，"王镇长疑惑起来，他说："这事我也考虑过，如果全村公开选举的话，你觉得你能被选上吗？"

"还是要相信群众吧！"刘大发说道。

王镇长脸色阴沉地离开了拐弯刘村。

几天后，当他再一次来到拐弯刘村的时候，选举村主任的村民大会召开了。

会前进行了选民登记，根据自愿报名的原则确定了候选人，其中，除刘大发外，还有个外号叫钻天猴的也参加竞选。这钻天

没有翅膀的飞翔

猴在拐弯刘村不是一般人物，他能说会道，对村里的一些事情也能看出一些子丑寅卯。但这个人光说不练，都是嘴上功夫，因此，他在村里的威信并不怎么样，刘大发对他的竞争力并不担心。但是，这个人的活动能量非常大，几天时间，他几乎走遍了全村家家户户，即便以前的仇家也不放过。而刘大发呢，对自己在村里的影响和威望很自信，并没有挨家挨户地自我宣传，他觉得这样做不太好，不厚道，不是吗？为了当官，就厚着脸皮到处自吹自擂，谎话连篇，牛皮吹得山响，就像钻天猴那样，太丢人！即使选上了，脸上也不光彩！王镇长替他着急，劝他说："大发，你也挨户走走，把你的想法跟大家讲一下，让人们了解了解。"刘大发不以为意地说："我相信大伙儿，他们选谁不选谁，他们自己心里有数！"

王镇长为了使刘大发顺利当选，亲自下户走访，为刘大发"拉票"，也在公开场合为刘大发助选。但村民们并不买账，不因为他是镇长就听他的。因此，他所做的这些努力收效不大，他心里十分焦虑，但也无可奈何。

竞选进行到最后冲刺的时候，钻天猴拿出关键的一手，就是买票，一张票30元，还在镇上最好的酒店摆酒请客。这样，选举的最后结果是，钻天猴以微弱优势险胜！

王镇长又气又恼。他很想知道落选后的刘大发是什么样子，便来到刘大发家。只见刘大发站在牛栏边，仿佛又在欣赏"音乐"。王镇长说："刘大发，后悔了吧？"刘大发抬起头来，脸上却没有沮丧。他笑了笑，说："我个人虽然落选了，但对拐弯刘村来说，是胜选！"

王镇长用不解的目光看着他。

"从此以后，拐弯刘村把选举制度确定下来，村主任必须经过全体村民选举产生。今天，钻天猴虽然当上了村主任，但他如果做得不够好,或者没有按照全体村民的愿望去做,他就当不长久,既然大伙儿能把他选上去,也就能把他选下来!"

王镇长听了这话,气儿好像顺了些,他不得不对这位农民另眼相看,想不到,刘大发还有如此境界!他赞许地拍了拍刘大发的肩膀,什么话也没说,走了。

今天是个好日子

乐安城有闹公婆的习俗,不管谁家娶媳妇,都要在娶亲的这天早上,把新公公婆婆浓妆艳抹地打扮起来,让他们在大街上扭扭捏捏,尽兴表演。装扮得越俗气,越丑陋,越受人们喜欢。不论辈分高低、年龄大小,谁都可以跟公公婆婆闹一回,不必有任何拘束和顾忌,闹得越厉害,主家越高兴。如果没有人来闹呢,说明这家人缘不好。谁愿意落个人缘不好的名声呢?县长夫妇也不例外。这不,他们的儿子今天结婚,他们夫妇就要做公公婆婆了。街坊邻居们早来了,挤满了屋子,县长一个劲儿给人们递烟、倒茶,人们抽烟、喝茶、吃糖,没忘今天是干什么来的,二话不说,七手八脚地给县长夫妇化妆。

县长的爱人吴大夫从未见过这种场面,有些紧张,县长用手指头戳戳她,让她镇静。县长夫妇不是本地人,调到本县时间也不长,对本地的风土人情不是很了解,直到儿子快结婚了,才听说这里有闹公婆的习俗。据《乐安县志》记载,这一习俗从汉代就有了,延续到现在,更加兴盛起来。按说,作为一县之长,数十万人的行政长官,不必迎合本地习惯,并且还有一个冠冕堂皇的理由,叫作移风易俗。可是,县长没这么考虑,他对爱人说,咱们还是入乡随俗吧!

卖老豆腐的辣子嫂担任化妆师,她的手上黏满了红红的颜料,在县长的脸上抹来抹去,把县长的脸抹得像个红脸关公,又在鼻子周围涂上一层粉白,要染眉毛和胡须时,黑颜料没有了。糖葫芦走进灶房,从灶门里伸进手去,抓了一把锅底灰,往县长脸上擦去。这是他平生头一回挨县长这么近,县长能感觉到他的心跳。他在心里说,这是你吗,县长?以往,你威严得不得了,今天可好,叫你咋样就咋样,听俺老百姓指挥,乖得像个孩子。他极力想把县长的眉毛涂得均匀,涂得好看,但是,他的手却哆嗦,不听使唤,经他涂过的眉毛,简直像把大扫帚。县长呵呵地笑着,他清楚地记得,他刚刚来到这个县城的时候,街坊们似乎并不愿意接受他这个外来户,见了他十分冷淡。有一次,他在街上走,站在糖葫芦的摊前,想跟他聊聊天,可糖葫芦居然故意背过脸,不愿搭理他,他因此难过了好几天。

给县长换服装了,不知谁从县吕剧团借来一套扮演县官用的红袍子,用力抖了抖,灰尘霉味迅即四散飞扬。县长做了个鬼脸,涂了一脸雪白的吴大夫不由掩起了鼻子。人们把袍子给县长穿上,腰带早已抽掉了,有人找了一根草绳儿,好歹给他扎上。又有人提来两只高筒胶靴,当作县长的官靴,县长抬脚穿上一只,又肥又大,可穿另一只时,又瘦又小,脚后跟怎么也下不去。有人按住县长的膝盖,往下用力,县长痛得龇牙咧嘴,只听"咔啦"一下,脚后跟下去了,脚指头却拱破靴子,钻了出来。有人拿一顶皱皱巴巴的乌纱帽,给县长扣到头上,笑声哄然响起,原来,这乌纱帽只有一个翅儿,兀自在那儿晃荡。

吴大夫的妆也基本化好，人们把她打扮成一个古代美女，穿的衣服鲜艳夺目。有人觉得她的胸脯太平，不够性感，辣子嫂便拿来两只大白碗，一边一只塞在她的胸前。可是，有人还嫌美中不足，说是差一个大辫子，便四处寻找。不知是谁从哪个墙角里捡到一根大蒜辫子，蒜头皆已摘去，把蒜辫子拴到吴大夫脑后。看着这不伦不类的样子，人们更加大笑不止。

门外响起锣鼓声，吹吹打打好不热闹。有人报告说，新媳妇已经娶回来了，正在门外等着。看热闹的人们挤得水泄不通，比群众大会上的人都多。早晨的阳光照着一张张笑脸，就像一朵朵向日葵。装扮一新的县长来到街上，就像从高高的主席台上走下来。两个小家伙爬上院墙放爆竹，那红红的爆竹从竹竿上挑着，压得竹竿弯弯的。爆竹清脆地炸响，冒着烟，闪着光，一颗爆竹飞到了县长的纱帽翅上，开了花，帽翅快速地弹跳。吴大夫惊叫一声，身后那条大蒜辫子剧烈地摇晃起来。

县长没学过舞蹈，不懂得舞蹈要领，开始时跳得拘谨，加上脚上的靴子不得劲儿，所以，很难踩到点子上。人群里不时有人扯破嗓子高喊：

喂！扭腰！晃屁股！

那边又有人大叫：

走猫步！走猫步哇！

甚至还有人在他面前做示范动作。县长按照人们的要求，又是扭腰，又是晃屁股，又是走猫步，忙得不亦乐乎。好，这下他终于找到感觉了，人们怎么招呼，他就怎么走，人们觉得怎样走得好，他就怎么走，这样，他才会走好，走到点子上，合上人们心中的节拍。音乐响起来，正在播放宋祖英演唱的歌曲《好日子》："今天是个好日子……"

没有翅膀的飞翔

女网友今晚来约会

　　林超的网名叫林林,他的女网友名叫兰兰,一个很好听的名字。他常常想,她一定长得很漂亮吧?他在心里描绘着兰兰的容貌,恨不得即刻见到她。两人终于约好,今晚7点兰兰来他家约会。他高兴得不得了,把老爸打发到姐姐家,又把家里收拾得干干净净,特意买了水果、糖块、瓜子什么的,摆在茶几上,专等女友到来。

　　门被敲响了,林超心里一阵咚咚地乱跳,连忙打开门,原来是对门邻居张大妈。林超往她身后看一眼,空空的,没人,便胡乱应付张大妈几句,就要把门关上。张大妈却不问好歹,一头挤进门来,看见摆着的糖块、瓜子,脸上一喜,问,这是你爸买的吧?还用这么客气!说罢,她便一屁股坐到沙发上,抓起一把瓜子嗑起来。那么大年纪了,牙口倒挺好。

　　你爸呢?张大妈在各个房间看了一遍,问道。

　　林超心里很不高兴,阴沉着脸说,出去了。

　　出去干啥呢?张大妈紧跟着追问。

　　林超看一眼墙上的钟,已7点多,还没听见敲门声,楼道里也没有脚步声,他心里有些急,又厌烦张大妈还不快走,不由脱口说道,约会去了!

　　啥?跟谁约会?张大妈吃了一惊,忙把嗑了一半的瓜子从嘴里吐出来。

林超这才知道自己说错了。但他又感到奇怪,即便老爸去约会,你张大妈至于这么着急吗!

超子,快说,你老爸去哪儿约会了? 跟谁? 张大妈继续穷追不舍地问道。

林超心里愈加烦躁,没好气地说,去翡翠湖公园了! 他姐就住在翡翠湖公园。

张大妈两手一拍,就像受到多大委屈,大声说,你爸这个人,这么大年纪了,还这么老不正经,说好了今晚跟我会面,怎么又去翡翠湖公园了! 他到底有几个相好的?

林超不由好奇起来,连忙问道,大妈,我爸啥时候跟你好上的?

张大妈说,哎呀,说来话长了。你爸常常跟我在网上聊天,他说,他非常喜欢我,非要跟我见一面不行,还说,他要不见我一面,就睡不好觉,吃饭也不香。可是,话又说回来,他也不知道我是谁呀,我也没对他说出来,我想给他一个惊喜。这不是……

林超心里越发奇怪,他心想,老爸从来不上网啊,他怎么会跟她聊天呢? 难道……他随口问道,我老爸的网名叫啥?

叫林林啊,你爸不是姓林吗! 我的网名叫兰兰。

林超这一惊非同小可,他的眼珠子都快掉出来了,急忙说,大妈! 兰兰原来是你呀!

推　炭

每年冬天，岳父都要从清河镇渡口踏过冰封的黄河，步行300多里，去遥远的南山上推炭。

岳父用来推炭的车子，是家里唯一的一辆手推车：一只磨去花纹的胶皮轱辘，两根格外光滑的槐木车把。推着重载时，肩上还要搭上一条襻。这样的运输工具虽然原始，但在二十世纪六七十年代，拥有这么一辆车子，还算"现代"。他把车装得满满的，压得车子嘎吱嘎吱乱响。粗黑的大手紧紧握住车把，肩上的襻绷得紧紧的，他弓着腰，铆足了劲儿，拼命地向前拱，远远地看去，像是蠕动着的黑色的蜗牛。

岳父推来的大块大块的炭，闪着乌亮的光，看一眼就觉得暖融融的，烧起来旺极了，能把满天的寒气驱散。他那辆并不牢固的手推车，简直可以把冬天推走。然而，他从遥远的南山上归来，整个人都变了，原本瘦削的身子，更是瘦成了一副骨架，身上黑黢黢的，像是刚从炭井里爬出来。

这一次，推炭的岳父尤其遭罪。

刚进山，就下起了雨，雨里夹着雪，东北风一刮，雨雪冻结在山路上，镜面似的光滑，一不小心就会连人带车翻进山沟里。岳父推着满满一车炭，摇摇摆摆，歪歪斜斜，像驾驭着一匹难以驯服的野马，随时都有可能歪倒的样子。虽然如此，他也不敢停顿，他必须借着凝固的路面，抓紧时间赶路，不然，天晴了，雪化了，路就更难走。可是，老天偏偏跟他较劲儿，出山不多远，天就晴了，路面上都是冰雪融化后的泥水，陷在泥泞里的车轱辘，转动得极其缓慢，因此，他付出了比以往多得多的体力。过度劳累，使他腰酸背痛，疲惫不堪，右腿还不时地抽筋。看看实在支撑不下去了，便蜷缩在路边柴垛里，好歹歇了歇。他觉得轻快些了，才继续赶路。可是，傍晌时，那抽筋的毛病又犯上来，不仅右腿抽，左腿也抽，头还有点沉。这样一来，速度比以往明显慢了。

此时，他真想放下沉重的车子，再歇一歇。但是他看一眼偏西的太阳，身上又忽然来了力气。他估摸，等太阳落山时，就到黄河岸边的清河镇渡口了。踩过那发出咔咔声的冰层，站在北岸大堤上，向北望去，就能看见自己的村子，房顶上，冒着白色的炊烟。他仿佛闻到了烟味儿，嗅到了饭香，舌根上生出温温的潮润。出来八九天，他没吃一顿热饭。饿了，他就啃一口自己带的冷干粮。幸亏他的牙齿好，把冻得梆硬的干粮，咬得咯嘣咯嘣响。

正像他估摸的那样，太阳落山时，他的车轱辘正好碾上了黄河大堤。他喘了口气，心里有了到家的兴奋。趁着天未黑，他必须抓紧时间过河。过河是最后一道关口了，也是最危险的一道关口，他把身家性命全给押上了。双脚小心翼翼踩在冰层上，冰层发出咔咔的脆响，像是要破裂的样子，使人心里非常恐惧，他的双脚轻起轻落，害怕一不小心踩破冰层，踩出一个大窟窿……他这样想着，轻轻地笑了笑，他让自己放松一下，不要太紧张。这时，车轱辘滚下斜坡，将要碾上河面的冰层，忽见落日余晖下，大片的冰缓缓移动，冰块与冰块之间，裂着宽宽的缝隙，像是鳄鱼张开的大嘴。原来，由于天气变暖，冰封的黄河已经化冻。他吓出一身冷汗，急忙拽住还在向前滑动的车子。险啊！只差一步，就掉进冰窟窿里去了！

夜幕笼罩了古老的渡口。对岸有灯火闪烁不定,大概也是要过河的吧!古老的黄河阻住了人们回家的路。他深深地叹了口气。能推走一个冬天的岳父,也能把黄河推起来吗?他叹息河面上坚硬的冰层,再不能像桥一样供人通行了,走在上面时那咔咔的脆响,现在想来,简直是美妙的音乐。

肚子咕咕地叫起来,摸摸装干粮的袋子,空空的。他拿舌尖润润干裂的嘴唇,深深地吸了口阴冷的空气——这恐怕是他补充能量的唯一办法了!然后,往手心里吐了口唾沫,两手搓了搓,咬紧牙关,推起沉重的车子,沿着大堤向东走去。在这里东去80里,就是北镇黄河大桥,它是黄河下游几百里内唯一的一座桥梁。他要在黄河大桥上过河,除此外没有更好的办法。也就是说,他必须绕着黄河大堤再转一个来回,一步一步地,足足走上160里,才能回家。160里,这对于一个饿着肚子推着车,并且连续走了八九天路,已经筋疲力尽的人来说,是多么残酷无情,他的体力能支撑下来吗?他没有往下想,也用不着往下想,他只知道,向前迈一步,就会离家近一步,他只有一步一步地向前迈去。

周围一片漆黑,只有他的眼睛,闪着亮亮的光。

一个年轻女子的来信

朱梅打开邮箱,发现报纸里夹着一封信,信是写给老公陈非的,信封精美别致,左下角印着几朵美丽的玫瑰花,字迹苗条娟秀,特别是"陈非"二字,写得极富情感,很像是一个年轻女子的手笔。寄信人地址栏只写着"内详"两个字。朱梅对这封来信产生了好奇,她连忙打开看,果然是一封写给老公的情书,字里行间充满了对陈非的爱慕之情。信中说:我是一个喜欢写作的女孩,今年21岁,名叫白雪。我很喜欢您的作品……朱梅看到这儿,不由心跳神乱,想不到,陈非这个其貌不扬的家伙,居然还有姑娘暗恋他!

本来,朱梅对陈非早已厌倦,她觉得他不适合自己。现在,两个人虽然还同居一室,但并不同床,是朱梅坚持分床而卧的,而陈非由于迷恋写作,对于妻子的分床要求也没意见,他也正好省去许多麻烦。不久前,朱梅在网上结识了一个网友,彼此情投意合,她准备近几天就要离开陈非,随网友而去。可是,看到白雪的来信,她突然改变了主意,她决定不急于离开。人的思想有时候很奇怪,当你打算将一个不值得留恋的东西丢掉时,忽然发现这件东西被别人觊觎已久,这样,你就不得不重新考虑这件东西的价值了。朱梅也是这样,现在,她正在考虑自己的决定是否仓促,陈非是否还值得爱。如果他不值得爱,为什么那个叫白雪的女孩却向他射来丘比特之箭呢?她不想做傻事,她不能把本来属于她的男人白白地送给别人,那样,不光自己受到损失,还会引来别人的讥笑。过了几天,那个叫白雪的女孩又寄来一封信,信中问陈非收到她的信没有,为什么没有给她回信?她在信中说,不管陈非回不回信,她今后仍会一如既往地给他写信。朱梅暗想,真是一个痴情的女子!今后,她如果接二连三地继续写信,保不准哪一封就会落到陈非手中。可是,这个白雪到底是哪儿的呢?信上没有她的地址,信封上的邮戳是本城的,看来,她也住在本城。不行,她必须阻止白雪,她不能让白雪达到目的,无论如何不能让老公看到她的来信。每天上午十点,她准时来到楼下开邮箱,几乎邮递员前脚刚走，她后脚就到了，有时候，邮递员还未把报纸投进邮箱，她正好赶到，便急急把报纸接过来，第一眼就是看看有没有信。不错，那个叫白雪的姑娘说到做到，几乎每一星期就来一封信，每一封信都那样火辣。朱梅把这些信都藏进一个属于她自己的小箱子里，再锁上一把锁。

经过一段时间的思想波折，朱梅重新审视打量陈非，她觉得陈非诚实、可靠，又有才华，是一个打着灯笼也难找的好老公，心里重新燃起了对他的爱慕之情。同时，她懊悔自己愚昧无知，以前竟然没有看到老公的这些优点。

日子飞速地逝去。转眼半年多过去了，朱梅已不再跟那个遥远的网友联系，她已经铁下心来跟定陈非。可是，让她烦恼的是，那个叫白雪的女孩的信还像锥子一样时常刺痛她的心。她想给白雪去一封信，或者亲自找到她，警告她适可而止，不要充当第三者，不要再给陈非写信了，写了也是白写！如果她不听从劝告，就不惜一切代价跟她撕破脸皮！但是，这些设想都因为不知道这个女孩的具体地址而变成空想。由于每天想这个让人心烦的问题，又不好向别人诉说，长久淤积于心，就形成了一个不可化解的块垒。不久，朱梅得了一种奇怪的病，而且病得十分严重。在病床上，陈非无微不至地服侍她，夜以继日地陪护她，使她心里无比感动，想到自己曾经对陈非一度产生过二心，甚至要离他而去，不由愧疚难当。她觉得自己恐怕不久于人世了，不能陪伴老公走完今后的人生路程，眼泪便忍不住地涌出眼眶。陈非不知道她为什么流泪，问她怎么了，哪儿难受，要不要叫医生？朱梅不回答老公的问话，她深情地看了一眼老公，紧紧握着他的手说，陈非，你是我的好老公，我为拥有你而骄傲。你虽然已近不惑之年，但你仍然具有男子汉的魅力。实不相瞒，有一个姑娘一直暗恋着你，她愿意嫁给你,跟你白头偕老……

陈非的脸涨得通红,他不让她说下去。朱梅以为老公不相信,她让他回家把那个珍藏的小箱子拿过来。陈非拿来了,朱梅用钥匙打开箱子上的锁,取出一大沓信件。朱梅说,这些信是一个叫白雪的姑娘给你写的。从这些来信中看出,她是一个美丽聪慧的姑娘。我死后,你要好好对她……

陈非看着被疾病折磨得几近失形的妻子,极力忍住心中的痛苦,哽咽着说,不! 这不是真的……

朱梅用瘦弱的手紧紧攥着陈非的手,让他无论如何要答应她。无奈之下,陈非便跟她道出了实情。原来,半年前,陈非感觉到妻子的感情已经发生游移,好像不再爱他,更糟糕的是,他发现朱梅居然在网上认识了一个"蓝颜知己"。可是,他对朱梅仍然一往情深,他不能没有朱梅。为了挽留住朱梅,经过深思熟虑,他便杜撰了一个名叫白雪的姑娘的来信,虚构了一个自己被一个姑娘深深挚爱的故事……朱梅摇摇头,她不相信陈非的解释。她说,这些信不是你写的,你写的字我还不认识吗?

这是我用左手写的。说着,他果然左手执笔,在一个信封上写了几个字,跟信封上原有的字一模一样。

"哗啦"一声,朱梅手中的小箱子落在床下,那些信撒了一地。

神秘的名片

公交车里下来一位六十来岁的老头儿,他显然初次到这个县城里来,东瞧西望,对一切都感到新鲜好奇。很快,他被前边街口的场景吸引了,几位全副武装的防暴警察凛然地站立,再看别的街口,都笔挺地站着防暴警察,如临大敌一般,交警、巡警、城管的车辆呼啸着,穿梭往来,简直像全城戒严呢!他的眉头皱了一下,仿佛感到很不舒服。

"恐怕省里的大人物要来了!"

路边一位摆水果摊的人说。他旁边挨着一座电话亭。

"哦?你是怎么知道的?"老头儿拿起一个苹果,看了看,饶有兴味地问。

卖水果的不屑地道:"两三天前,扫大街的就开始忙乎了,把街道打扫得一片树叶也不剩,城管大队全部出动,把小摊小贩撵得东奔西窜。你说说,大人物要不来,费这劲儿做啥?"

老头儿点着头,若有所思。

卖水果的纳闷地说:"这大人物也怪,不好好在省城待着,跑到这小县城里做啥?闹得做买卖的不安稳!"说完了,骂了一声。

"路东美容美发店,赶快把牌子收进去!路西副食品批发部,赶紧把烟酒抬进去!快点!快!"尖利的、不容商议的叫喊声,从一辆白色微型面包车的电喇叭里传出来,它的后边,紧跟着警车和大卡车,卡车上放着不知在哪儿没收来的牌子、架子、三轮车什么的。面包车上的喇叭叫喊个不停,街道上一阵混乱,人们慌张地东躲西闪,小摊小贩望风而逃。

这边卖水果的见势不妙,赶紧收拾水果摊,但是已经晚了,面包车来到跟前,电喇叭吵得直扎耳朵:"你小子头上长角了?想叫老子帮帮你呀!"说时,车上下来十几个穿制服戴大盖帽的,不容分说,抬起水果筐就往卡车上装,卖水果的死死地抓住水果筐,苦苦地哀求。一个腆着将军肚的推搡着他,水果筐歪倒在地,水果滚了满地,过往行人踢来踩去,车辆把水果碾成了果饼。卖水果的一个一个捡拾地上的水果,一边心痛地叫着:"苹果,我的苹果呀……"

站在旁边的老头儿把这幕场景看了个清清楚楚,他的嘴唇微微抖着,他想上前说点什么,但却被挡在圈外。终于逮着个空隙,他侧着身往里挤,但又被穿制服的给推出来。没办法,他看一眼电话亭,一位小姐正在打电话。

"都看什么看?散开散开!""将军肚"冲着围观的人们喊。与此同时,穿制服的架的架,搬的搬,把水果筐往卡车上装。

老头儿好不容易挤到"将军肚"跟前,拉着他的胳膊说:"年轻人,你这样粗暴不行,赶快住手吧!"

"将军肚"上上下下打量了他一番,眼一瞪:"什么?笑话!我们城管大队正在执行公务,执行公务就是执法,怎么不行!"

"法律上没有规定可以随便抢夺老百姓的东西呀?"老头儿两手一摊,双眼炯炯有神。

"哎,你这老头!你是干什么的?没事找事啊!""将军肚"横了老头儿一眼。

老头儿不说自己是干什么的,继续不急不慢地说:"告诉我,谁让你们这样干?"

"当然不是你让干的！你要让干，咱还不干！哼，多管闲事，一边去！""将军肚"像傲慢的大将军，他一推，老头儿一个趔趄，差点儿跌倒。

"你们为什么要这样干？"老头儿一点儿没有惧怕，仍然冲着"将军肚"质问。

"告诉你也没关系，这是为了迎接省委书记！""将军肚"手往天上一指，神情十分庄严。

"简直是胡闹！"

老头儿脸上陡然变色，就像有人给他脸上抹了一层黑。"难道为了迎接省委书记，就闹得鸡犬不宁，人心惶惶吗！"

老头儿愤怒了，眼睛里喷射出两道火焰。他当即走到电话亭边，拿起电话，大声道："县委吴书记吗？嗯，是我！好嘛！你把省委书记当成钦差大臣了，未曾出门先鸣锣开道，还要让老百姓回避肃静，你这是搞的什么鬼名堂，简直是乱弹琴！马上恢复县城内原有秩序，损坏老百姓的财物，照价赔偿！"

穿制服的人们都愣住了，上上下下打量老头儿，不知道他是干什么的，居然对县委书记发号施令。"将军肚"变得温顺起来，眼睛里闪着谦卑的光，笑眯眯地问："老伯伯，请问您……"

老头儿转过身，不回答他，走到卖水果的跟前，拍拍他的肩膀，说："今天发生这样的事，我感到很痛心！今后，如果你再遇到麻烦，就打电话给我！"说着，他把一张名片交给他。

"将军肚"跟在老头儿身后，哈着腰说："老伯伯，我向您道歉，对不起……"

老头儿神情平和地看着他，说："年轻人，对待老百姓，不能这样简单粗暴。你的吃穿，都是老百姓给的，你这样对待他们，良心上过得去吗？好好想想吧！"

说完,转身离去。他腰板挺直,步伐稳健,给人以力量。

"他是谁?"一个穿制服的问。

"将军肚"去看卖水果的拿着的名片,然而,卖水果的把名片紧紧攥在手心里。

文明之路

徒骇河下游北岸,坐落着一个叫西河刘的古老村庄。村里人大多识文断字,有文化,懂事理,识大体,重义轻利,被尊称为"文明村"。有一段多年来流传下来的顺口溜儿,它叙述了徒骇河两岸张家村、李家庄等十数个村庄各自具有的风貌特点之后,压轴的一句就是"文文明明西河刘"。文明是西河刘村的招牌,西河刘人以文明而自豪。人们你尊我让,互敬互爱,不为蝇头小利而争执。某一人家遇到自家难以解决的困难了,不等开口,大家就争先恐后地给他家帮忙。受帮的人家忙不迭地道谢,帮忙的人却说:"谢啥,庄乡爷们,谁不用谁呀!"

闲话少说,就说今年春天,西河刘发生了一件大事。

这件事与拆迁有关。说到拆迁,自然让很多人头疼,西河刘村的村主任也不例外。村主任叫刘子曰,一个文绉绉的名儿,长得也斯斯文文,乍一看,像个教书先生。他脾气也好,活到五十多岁,从没见他发过火:见了人,总是未语先笑;不管遇上什么事儿,张开嘴头一个字就是好。因此,人们又叫他"好好先生"。本来,刘子曰不该头疼,他应当高兴的。不仅他,村里人都应当高兴,因为县里要拨出一笔数目不小的款子,帮助村里修路。村里的路也实在该修了,原先的路虽然也做了硬化处理,但经不住拖拉机、农用车等各种机动车辆日复一日地反复碾压,十几年下来,已经不成样子,很不好走了!县里拨款修路,正是天旱来了及时雨。但是,县里的款不是白拨的,有一个小小的建议,就是在修路的时候,把村里的街道顺便整理一下,取取直,街是街,巷是巷,这样不仅美观好看,走起路来也方便通畅不是?按说,这是一个好建议,村里大多数人赞成,刘子曰也没意见,当场就对县里的人表态说:"好!"虽然如此,但是,执行起来却有难度,因为这就需要拆迁了!按照那个规划方案,共牵扯二十几户人家,其中有猪圈,有牛棚,有院墙,有废弃的旧屋,也有住着人的院落,必须一户一户进行动员。要知道,刘子曰是"好好先生",说好话、做好事、雪中送炭,他在所不辞,要让他动员村民拆迁,做得罪人的事儿,那样的话他怎么说得出口?虽然拆迁要给予一定补偿,但让人家从居住多年的老宅子挪出来,那是伤感情的事,人家会同意吗?

刘子曰有头痛的毛病,只要遇上麻烦事儿,就会痛。从他柔弱的个性看,他并不适合当村主任。主要是,村里人秉持着谦恭礼让的传统美德,那些看起来有能力的人都不愿当官儿,选村主任的时候,都不靠前,没办法,只得赶鸭子上架选了他。说实话,他也不愿意干,但是人们既然选了他,他也不好意思再推辞。再说,这么大的村庄,也不能没有一个当家人。尽力而为吧!他这样劝自己。从那时起,十几年过去,他一直干到现在。他用力按摩太阳穴,按了一阵,还是痛。他想,光这样痛下去是不行的,事儿不解决,就会痛起来没完。他决定先开个会,征求一下大家的意见。做出这个决定后,他又踌躇起来,现在,人们打工的打工,经商的经商,出门的出门,忙得脚不点地,如果开大会,能叫来人吗？不管怎么样，先试一下。没想到，召开村民大会的消息一公布，人们都异常积极地参加，有的人是放下家里很要紧的活儿特意赶来的。刘子曰把修路的事儿告诉大家之后，人们未曾商量，当场同意。那些需要拆迁的人家，除了因故未到会的几户之外，都表示服从村里的安排，什么拆迁补助，要不要无所谓，县里出钱给咱修路，咱还要哪门子补助，良心叫狗吃了吗？散会后，那些当场表示同意拆迁的人家立即行动，把自己家的猪圈，牛棚、院墙什么的统统拆掉，还有的把自家闲置多年的老屋也拆了！刘子曰到现场看了看，原来影响规划的障碍基本清除了，眼前豁然亮起来，不禁说道："好！好!"但是刚说完这几个好字，眉头不禁一皱，还有几户人家由于未到会，不知道他们怎么想的。他们总不会当"钉子户"吧？

傍晚，刘子曰心事重重地来到五奶奶门前。

五奶奶正跪在院子里烧纸，嘴里念念有词地嘟囔着什么。烧纸的火光映红了她满是皱褶的脸。五奶奶是烈属，已经 87 岁，眼不花，耳不聋，身体健朗。现在，她独自在老屋居住。孩子们前些年在村边建起了二层小楼，五奶奶不愿去住。她舍不下这座老屋。

20 世纪 60 年代初，五奶奶家的屋经不住一场特大暴雨的袭击而倒塌，当时的村主任刘诗云组织人力在原来的屋基上给她盖起了新屋。后来又给她的屋翻新改造，换成了瓦屋顶。刘诗云在给五奶奶盖屋过程中，因为过于劳累，落下了肺痨的毛病，经常咳出血，十多年后，年仅四十几岁，就离开了人世。五奶奶忘不了刘诗云，看到这座屋，就像看到了刘诗云。今天是刘诗云的忌日，每年的这一天，五奶奶就给他烧香烧纸。

"五奶奶!"刘子曰轻轻地叫了一声。五奶奶见是刘子曰，知道了他的来意，眼里不由浸着泪花。刘子曰心里一酸，本来想好的动员拆迁的词儿，一下子变成了这样："五奶奶，好，好……不拆了！"五奶奶听了，不仅不高兴，反而大怒，指着他的鼻子说："刘子曰啊刘子曰，你这个'好好先生'！我早就说，你不是一个干村主任的材料儿，心软得像一团棉花。为啥不拆？让俺当'钉子户'？俺背不起这样的骂名！拆！俺不是老糊涂！零碎东西孩子们都鼓捣好了，明天就搬走！"

刘子曰挨了五奶奶一顿骂，心里却很高兴。他趁热打铁，又来到下一家……第二天中午，当他来到最后一座老房跟前时，不由愣住了！这一座老房不同寻常，可以说，凝聚着主人的血和泪。那也是 20 世纪 70 年代初的事了！在南京一所大医院当外科医生的刘儒林带着老伴回到了西河刘。要知道，他这次回来并不是"荣归故里"，或者"衣锦还乡"，而是被当作"右派分子"灰头土脸地遭返回来的。他回家后的第一个问题就是没住房，因为他家的老屋已经倒塌，不能住人，村里只好把他安排在一间闲置的场院屋子临时居住。刘儒林站在倒塌的屋前，打算把它重新建起来。但是，要建一座新屋谈何容易，一无砖瓦，二无木材，三无资金。而且当时的刘儒林已经五十多岁，体力大不如前，怎么办？刘儒林虽然一无所有，但他有一股犟劲，别人看来难以办到的事儿，他想尽千方百计也要办到。收完秋，地里的活儿基本上干完了，他修理好小推车——一种一只胶皮轱辘，轱辘上架一个木头车盘，两个车把，造型十分简单的车子，第二天天不亮就推着车出了门，来到村北的沟边，把沟坡上的红土装满车子，一趟一趟往家运。这种红土富有黏性，自古以来，人们就用它盖屋打墙。从此，不管风雪严寒，不管过年过节，天天如此。那时候，刘子曰还是一个十几岁的小孩子，他在村边玩耍的时候，就看见刘儒林蚂蚁搬家似的一趟一趟地运土。尽管已是冬天，大地白雪覆盖，寒风呼啸，但是，推土的刘儒林就像身处一个蒸笼里，嘴里呼着热气，脸上挥汗如雨。上坡的时候，刘儒林屏住气，弓着腰，异常艰难地向前挪动。刘子曰立刻跑过去，伸出手帮他拉车。运完土，考虑到垒碱脚的砖还不够，他又开始到处捡废砖头，白天下地干活，在路上看见一块砖头，就像宝贝一样捡起来。刘子曰上学路上看到一块砖，不舍得丢掉，捡起来，给刘儒林送过去。砖头捡得差不多了，他开始挖基沟，砌砖。其间，村里人见他一个人独自建屋，心里很是可怜，便想帮他，但他死活不肯接受，他怕人家无辜沾上"右派"的边儿。但是，尽管如此，人们似乎并不害怕，待他砌好墙准备上梁的时候，便一起凑过去，不由分说，帮他上梁。上梁是最艰难的活儿，那么粗那么长的一根大梁，一两个人根本弄不到两米多高的墙上去。人们七手八脚地给他上完梁，又搭上檩条，苫上苇箔，又把和了麦禾的稀泥一桶一桶提上屋顶，用泥板抹平，一座房子就初步建成了！剩下的活儿，比如挂墙皮，铺地面，盘炕，垒锅灶，修烟囱，等等，还有大量的活儿，需要大量人手，人们还要继续帮他干，但刘儒林死活也不肯，把人们一一劝走。刘儒林历尽千辛万苦，终于把房子盖好了，但是，他也累倒了！

现在，刘子曰站在这座老房子前，木板门紧紧地关着。门前满是杂草。当年那个瘦弱的老人在雪地里推车的身影如在眼前。刘儒林和他老伴已去世多年。他们唯一的儿子刘子谦也已年过花甲，年年都会从南京来到西河刘，给父母上坟。因老屋年久失修，潮湿阴冷，不能住人，刘子谦每次来都住在别人家里。本来，村里有人提出，说，刘子谦不在家，屋又没人住，给他拆了算了！但是，习惯说好的刘子曰，这回却没说好，而是坚决地摇了摇头，厉声叱道："胡说！这跟土匪强盗还有什么两样！"这是他当村主任以来头一回发火,那人自知说错了话,吓得赶紧闭上嘴。这时,一辆轿车慢慢驶来,在刘子曰身边停下了。车上下来了满是银发的刘子谦。原来,子谦听说村里修路,他家的老房子需要拆迁,便从南京赶来,在镇上的汽车站租了一辆轿车,来到西河刘。

子谦开了屋门,一股潮湿的霉味扑鼻而来。屋里的桌凳依然如故,炕上的被褥整齐地叠放着。子谦睹物思人,低下头,一语不发。子曰站在他身旁,心里十分难受。

"子谦哥,"子曰似乎想跟他讲一点什么,但又一时想不出从何说起。子谦抬起手,在他面前晃着,心跳加速,胸口憋闷,脸色难看,不好,子谦的心脏病犯了! 子曰扶他慢慢地坐在凳子上,从衣袋里拿出药片,抬头吞下。过了一阵,才深深地嘘了口气。见此情景,子曰更不好说什么了! 他蹙着眉,心里十分紧张,如果子谦不同意,那该怎么办? 唉! 他当村主任以来,从没犯过这样的难!

子谦站起来,从衣袋里掏出一沓钞票,说:"这是一万元,我捐给村里修路。"刘子曰没接,疑惑道:"这屋不拆了?"子谦说:"要拆这屋,简直就是剜我的心。"说到这里,他沉了沉,接着说,"但是,修路是村里的大事,就是剜我的心,我也毫不含糊! 这一万元,就当作拆屋费吧!"子曰说:"子谦哥,哪能这样呢,我拆你的屋,还要你的拆屋费!"

子谦认真地说:"当年,我父母回到村里,乡亲们不但不歧视他们,还热心帮我爹盖屋。父亲临死前,还说起你,说你从小就帮他拉车子,捡砖。我要是当了'钉子户',还对得起你吗? 对得起老少爷们吗? 还是文明村的子孙吗? 咱们村自古以来就以文明村著称,不能到我这儿就把这牌子给砸了!"

还能说什么呢? 子曰紧紧地握住子谦的手,连连称赞:"好! 好! 好!"

现在,村里的路已经修好,又平坦又宽阔,村里人把它命名为"文明之路"。人们在这条路上走着,感到特别新鲜、舒适,心情格外好。有空的时候,外村的人们不妨去走一走,看一看,亲身感受一下文明和谐的氛围,也许会生出许多感慨呢!

怀念一条狗

曹旦经常在半夜里去会他的情人柳眉。曹旦之所以喜欢在半夜里出去,是因为这时候人们大都已经入睡,街上行人稀少,不用担心碰上熟人,柳眉住的大杂院的邻人们也都入睡熄灯,安静得很。可是,唯一让人闹心的是,柳眉的邻居养了一条大狼狗,拴在墙根下,听见动静就汪汪地大叫,它一叫,邻居以为来了贼,赶紧披衣出门查看。有一回,曹旦刚要推柳眉的屋门,随着狗的叫声,它的主人立刻走出门来,一道雪亮的手电光照过来,幸亏柳眉的门是虚掩着的,曹旦急忙闪身进屋,好长一会儿,他的心还狂跳不止。

那条狗成了曹旦的一块心病。

曹旦是一个极其看重自己名声的人,不想自己的名声有半点损害。可是,他既想保住自己的好名声,又想干他喜欢干的事儿,这就无疑是一个矛盾。但这个矛盾也不难处理,因为矛盾的主要方面是这条讨厌的狗造成的,他只要把这条狼狗摆平就没事!曹旦转着眼珠,想了一个对付它的办法。

这天晚上,他给狼狗带了一点礼物——一块肉骨头。来到柳眉的大杂院,未等狗叫,就把骨头丢给狼狗。果然,狼狗摇起了尾巴,很高兴的样子,忙着去啃骨头,他便放心大胆地推开了柳眉的屋门。从此,曹旦每次去会柳眉,就顺手带上一块狼狗喜欢的骨头。这块骨头,使狼狗和他结束了以往的敌对状态,狼狗见了他,就满心喜悦地摇尾巴,就像见了久违的老朋友。狼狗毕竟是狼狗,一块骨头就能把它摆平,曹旦轻蔑地笑了笑。可是,这样的"蜜月时光"过了没多久,那狗又冲他张着嘴大叫起来,他把骨头丢给它,它只是嗅了嗅,好像对这块骨头不感兴趣,只是冲他汪汪地大叫,一边叫还一边往他跟前扑,要不是有绳子拴着,那狗非咬着他不可。它的主人从屋里出来,一道雪亮的手电光照过来,吓得他落荒而逃。

这一晚上的好事未做成,让他十分懊恼,这个该死的狗是怎么回事?真邪门了!他转着眼珠想,这狗东西是不是吃骨头吃烦了,要换换口味?于是,他再一次去看柳眉的时候,手里提着一块熟肉,那熟肉是刚从肉食店买的,冒着热气,散发着肉香。那狗似乎老远就嗅到了香味,所以见了曹旦就摇起了尾巴,曹旦把熟肉拿到鼻子上嗅了嗅,说实话,他真有些舍不得。但是为了柳眉,便顾不了许多,狠狠心丢给它,它张开嘴巴贪婪地吃肉,尾巴摇得更欢了。他不无得意地想,狼狗毕竟是狼狗,一块熟肉就可以收买它。但如此这般地贿赂,也使狼狗增长了娇气,只要曹旦某一次没带熟肉,或者给它喂熟肉的动作稍慢一点,它就非常不满地大叫不止,决不放曹旦过去。曹旦不胜其烦.但为了柳眉,他又不得不忍气吞声。忽然有一天晚上,那狗又对他大叫起来,他连忙把熟肉丢过去,但那狗只是嗅了嗅,好像那块肉不好吃,厌恶地掉过头来,张大嘴巴冲他汪汪大叫。

曹旦狠狠地诅咒那条该死的狗!他转着眼珠又一次想起了

办法。在他再一次去会柳眉的时候,他买了一只烧鸡。这只烧鸡真香啊,这是从本城最有名的烧鸡店买来的,他住在乡下的父母都没有吃到过他买的这样的烧鸡。当他把烧鸡丢给狼狗的时候,狗非常欢喜地扑上去,甩开嘴巴吞咽起来,连细小的鸡骨头都吞咽下去,并且为了表示对他的感激,尾巴起劲地摇。曹旦异常鄙视地哼了一声,推开了柳眉的屋门。

在让那条狗吃了几只烧鸡之后,曹旦想,这狗馋,说不定哪天又要吃厌了,又要咬我,那就干掉它!他想买一包老鼠药,撒在烧鸡上,丢给它,不出一刻钟,它就会一命呜呼。不过,他只是这样想了想,并没这样做。可是,让他意想不到的是,过了几天,那条狗忽然消瘦下去,什么东西也不吃了,丢给它烧鸡,它只是贪馋地嗅嗅,然后便依依不舍地离开。偶尔还叫几声,不过有气无力的样子。这是怎么了?曹旦心里既高兴,又不明白是怎么回事。又过了几天之后,那条狗竟死了!四条腿僵直地躺在地下,浑身瘦得皮包着骨头。

曹旦的障碍终于彻底清除了,他从此可以顺顺溜溜地去找柳眉,而不必有什么顾虑。但是他无论如何也想不明白,那狗是怎么死的?后来,他终于知道了那条狗的死因:那狗太贪吃,在吃烧鸡时,连鸡骨头一块儿吃下。狗是不能吃鸡骨头的,鸡骨头到了胃里,不会消化,最终扎破它的胃,它就死了!让人意想不到的是,狗死了没多久,曹旦就出了事。柳眉的邻居又养了一条狗,这条狗咬人的时候不叫,曹旦来到柳眉的门前,那狗猛地蹿上来,咬住他的腿,把他拖倒了。黑影里,他不知是什么东西咬他,吓得大叫。院里的人们围上来,把他当作贼送进了派出所。蹲在派出所的黑屋子里,他怀念起那条死了的狼狗,不禁潸然泪下:那是一条多么好的狗啊!

校 长

　　头顶的太阳那样火辣,给人灼伤般的疼痛。挑水的学生逃跑似的走着,仿佛稍一停顿就会被烤成肉干。扁担深深地陷进他的肩膀,肌肉被挤压得通红,他把扁担换一下肩,继续逃。忽然,一个骑车人挡在面前,抬起头,正是校长——正用那仿佛能看透一切的眼睛看他。听说,校长的眼睛特别毒,是龙是熊,一眼就看得出。学生躲闪着,不敢看校长的眼睛。

　　几天来,他一直懊恨不已,高中三年里,他总是名列前茅,校长、老师对他抱有很大希望,父亲也东借西讨,甚至不惜借高利贷,艰难地供应他。可是,高考张榜后,他却名落孙山。

　　这是学生的家:低矮破旧的土屋,简陋陈旧的家具,桌子腿腐朽得快要断了。用读书人的话说,这个家真的称得上"寒舍"了。学生的母亲一脸倦容地躺在炕上。

　　学生的父亲正在编筐,搓着两只手,笑着,样子像是哭。

　　极度的贫穷,巨石一般压在这位可怜的农民身上。

　　校长没了话说。一路想好的说服动员的词儿,顷刻间烟消云散了。他身上开始出汗。刚才走在路上,车子带起一股小风儿,一停下来,就像进了蒸笼,汗水争先恐后地往外涌。他只好拼命地摇扇子。

　　父亲把筐撂在一边,定定地瞅自己的两只手,好像掂量哪个轻,哪个重。他瞥一眼校长,校长回过头来,眼神复杂而又关切,还有一种焦虑。父亲受不了这样的眼神,他的嘴张开着,但却说不出话。是啊,他还要说什么?

学生来学校复读了,坐在他原先的课桌旁。

糟糕!他的胃炎犯了,疼痛难忍。校长领着校医来了,输液、打针、开药。学生看着这么多药,想起父亲编筐的大手,心里针刺一般难受,这需要父亲编多少只筐啊!校长送来一碗热腾腾的鸡蛋面。吃完面,给校长送碗,走到校长家门口,听见校长正在和爱人说什么。校长爱人说,咱俩的药费还报不了,学生的药费咋办?校长说,就把他当咱们的儿子吧!说着,把那些药条子撕了,扔进了垃圾篓。

学生心里一热,眼泪像断线的珠子往下滚,落进他端着的碗里……

十年过去了,学生已非昔日那个穷学生。他西装革履,出有车,食有鱼,将军肚也挺起来了!这天,他驾着一辆高级轿车,路过他的高中母校,意外地见到校长了!他不知道校长看见他,会是怎样的惊喜?但是,当他走近校长,校长却神情茫然,像是视而不见的样子。他在校长脸上寻找着,寻找那双炯炯有神的眼睛,可是,那双眼睛已经什么也看不见了!

学生心里一阵难过。他多么感激这双眼睛啊!几年来,他总想来看望校长,但除了正常工作外,酒宴、舞会、出差,百事缠身,仿佛哪件事都比看望校长重要。可是今天,一见校长,他就敏锐地感到,他和校长之间,已经产生了明显的距离。

校长不再是校长,他早已退休。每天站在学校门口,谛听着、凝望着、期待着。他在期待他的学生吗?

岁月无情。校长变得苍老了,扶着手杖的手瘦骨嶙峋,薄薄的皮肉几乎包不住骨头。就是这双手,把学生从低矮破旧的"寒舍"里拉出来，改变了他一生的命运。大学毕业后，他被分配在省城某机关，不久，被下派担任副县长，又升任县长，仕途一帆风顺。最近，又听说，他将升为副市长。虽然消息的来源并非正常渠道，但非正常渠道往往比正常渠道还要准确，可靠。

好哇！有出息了！校长淡淡地说，嘴角略略一斜，显出一丝嘲讽，脸转向一边，向远处凝望，仿佛陷入深深的回忆。他在追忆那间低矮破旧的土坯房，还有那个品质纯洁、才华横溢的学生吗？

学生心中掠过一丝不快，此时此刻，这个已经演变为善于把握上级意图的心理学专家，却猜不透这位老校长究竟在想什么？

校长依然平静，他抬起手，用手杖指了指学生的身后。

学生下意识地回头，他的身后，只有那辆显示身份、地位和职务级别的高级轿车。除此之外，一片空白，什么也没有。他极力地搜寻着，想搜寻出一点什么，但终于困惑地摇了摇头。

校长顿一下手杖，脸抽搐着，显出十分痛心的样子，仿佛眼看着一块心爱的玉石，与他渐行渐远，最终离开了他的视线。

学生抬起头，看着校长，忽然发现，那双失明的眼睛居然烁烁放光，好像能看穿一切奥秘。好毒的一双眼睛啊！他心里不由地生出一丝莫名的惊悸，他转过脸，避开了校长的眼睛。他想不明白，自己为什么害怕这双眼睛呢？

老　梁

　　在我们这个大院里,假如一个人过于俭朴,就不能算一个正常的人了!老梁头就是这样一个人,人们都叫他"吝啬鬼"。关于他的奇闻轶事,被当作笑料一样传来传去。

　　这不,老梁头家的电表出问题了!因为那上面的数字跑得极其缓慢,每个月交电费,数他家交得少。电工来了,查了半天也没查出啥来。其实,根本不是电表的错,怪就怪他太省电了。他把灯泡都换成最最低瓦数的,光线昏黄暗淡,与油灯无几,看什么都模模糊糊。看电视呢,就把灯关上。他家的小冰箱也不用了,把电源拔下来,当成了杂货柜,什么文件呀,书籍呀,老伴的袜头鞋垫呀,统统放进去。

　　有意思的是,老梁头家的水表也不太转动了!来收水费的看看水表,不满地说,梁书记,都像您老这样,自来水厂就关门大吉了!秘密是后来才揭开的。原来,每当下雨的时候,老梁头便忙起来,他把所有的盆盆罐罐都拿出来,摆在院子里,雨水哗啦哗啦地浇下来,落进盆里罐里。看看盆里罐里的雨水渐渐增多,他脸上的皱纹愉快地舒展开来。把这些雨水储存起来,洗衣服,浇花。他说,用雨水洗衣服,去污,不用洗衣粉,好处多着呢!

　　老梁头买菜的故事更叫绝了!他决不在清早青菜新鲜的时候去买,他认为,中午才是买菜的最佳时机,太阳火辣辣地晒下来,菜叶子都差不多蔫了,水分也没了,分量就轻了,价格也便宜多了！他就在这个时候去菜市场。菜贩子大都躲在太阳伞底下打瞌睡，懒得理他。他跑得满头满脸是汗，也不嫌热。转悠半天，最后，只买上几个土豆或几个辣椒。

人们发现，老梁头居然不吸烟了，也不喝酒了。要知道，这可是他唯一的爱好啊！特别是吸烟，一根接一根，没完没了，手指头熏得跟黄瓦罐似的。对此，老梁头是这样解释的，他说，吸烟刺激内脏，咳嗽吐痰，没有好处。可是，有人提醒他，多少喝点酒，能舒筋活血呀！他就笑了笑，不无幽默地说，烟酒不分家，戒了烟还喝酒，那叫什么事！

瞧，这老头！工作的时候不容易，老了，还不知享受，这样活着不是太累吗？尤其让人费解的是，他这样舍不得吃，舍不得花，省来省去，省下钱来做啥呀？

有人就这样问他。

老梁头无声地笑笑，想说什么，但终于没有开口。早有风声传出来，说是大院里准备盖住宅楼，好多人家都把资金筹备好了。但是老梁头却不动声色，也不知他什么想法。只是他的老伴曾经说，跟了老梁一辈子，还没住过楼呢！言外之意，大概也想住楼房。

办公室的小李来了，对他说，梁书记，盖楼的计划批下来了，您住的这些平房要拆除。他问老梁头愿意不愿意住楼房，如果愿意，领导说优先安排。老梁头倒是很感兴趣，笑眯眯地问住楼房得交多少钱？小李说，十八万！

老梁头的脸一下子阴沉下来。夜里，他失眠了，眼前反复闪现出十八万这个天文数字。想了几个晚上，他最终决定搬回老家去住。在家里盖上几间屋，也花不了那么多钱。搬家的那天，办公室派车帮他拉家具，小李也过来帮忙。汽车拉着他和老伴还有破烂的家具,离开了居住了几十年的县委大院。老梁头从车窗里探出满是白发的头,向人们挥手,脸上很有些依依不舍的样子。

老梁头走了,人们的心里很不好受,毕竟是老邻居了。有人便十分不解,这个老梁也真是,一辈子省吃俭用,存的钱一定少不了,为啥不想住楼房呀?

有人生气似的说,真是吝啬鬼,守财奴! 留着那些钱做啥用? 死了也带不进棺材里!

有人便猜他存了多少钱,有猜十万的,有猜十五万的,也有猜二十万的。

然而,又有人不同意这样的妄猜臆测,声色俱厉地对人们的议论大加驳斥,说,其实,老梁头存不了多少钱,他虽然当了二十多年书记,但他清清白白做人,本本分分做官,一不贪污,二不受贿,连人家一根草刺儿也不收,如今退了休,更是清水照月亮了!

有人马上醒悟了似的拍着巴掌说,这话也说得对,他老伴没有工作,孩子们的工作单位也不好,常常发不出工资,几年前又都下了岗,日子过得紧,他还要接济孩子们。一大家人全仗着老头子一个人,你想想,你想想!

还有呢! 有人压低声音,透露出了更加鲜为人知的秘密:他在工作的时候驻点的那个村,到现在还有好多人家没有脱贫,他把省下来的钱大都捐给了那个村。他帮人家买蚕种,育桑苗,搞养殖,谁家有事求到他,他就帮谁家。

啊! 这个老梁头!

人们终于赞叹起来。

手术之前

那是一个阴雨天,我陪着妻子在中心医院做完彩超,拿着彩超报告单来到王主任的外科门诊室。王主任接过报告单,仔细地看了看,不容置疑地说:"马上住院吧,明天安排手术!"一边说,一边飞快地写好了入院证。

我接过入院证,只见上面写着"右乳腺肿瘤"。瘤字下面潦草地写着"ca"的字样。看见这两个英文字母,我心里一阵紧张,因为我清楚地知道这两个字母的含义,但理智迫使我很快镇静下来,并赶忙用拇指把这两个字母按住。窗外,天阴得更加厉害,淅淅沥沥下着小雨。

妻子没看清王主任究竟写的是什么,也许她并没有意识到她的病的严重性,她对王主任说:"王主任,能不能不住院,在家吃点药行不行?"

王主任肯定地说:"不行,除了切除,没有更好的办法!"

我压抑着心中的难过,劝她说:"听王主任的,还是住院吧。"

妻子还是不想住。她恳求地说:"能不能再待一段时间?"

王主任说:"不能再待了,时间久了,就有可能发生病变,那样……"王主任没有说下去。

妻子仍然坚持:"再等一星期吧……"

回到家,我继续动员妻子:"还是先住院好!"

妻子不语。我以为她担心花钱。这些年来,由于我早年因病失去工作，不仅不能挣钱养家，还断断续续买药治病，花了不少钱。女儿从小学上到高中，去年又考上大学，每年学杂费、生活费需要一大笔开支。全家就靠妻子一个人做小买卖维持生存。因此，日子过得捉襟见肘，紧紧巴巴。妻子是家里唯一的劳动力，家里的活儿几乎都是她干。她如果倒下，我家的天就要塌下来了！妻子忧虑重重，她说："做了手术，起码三个月不能做什么，挣不来钱，咱们家怎么生活？孩子上学怎么办？"妻子的担心也是我所担心的。不过，尽管这样，也不能不治病，如果不赶紧治疗，以后发生病变，后悔就晚了。我继续安慰她说："车到山前必有路。到时候，会有办法的。"

妻子呜咽着说："老天怎么不睁眼，总跟咱们过不去！"我的眼睛也湿了，但我极力忍着，不使眼泪落下来。此时此刻，如果我的眼泪不合时宜地落下来，我们一家就会立即崩溃！妻子擦擦眼睛，说了再待几天的理由：她卖的小百货需要处理，不然过了季节就不好卖了。还有一件事，就是提货时欠人家的货款没还清，卖了货，正好还人家的账，"不把账还了，住院也不安稳。人家还以为咱们赖账呢！"她说。

第二天，妻子又像往常一样出摊了。她把货物一件一件地摆在摊上，我也帮她摆。平常这样的活儿她总是一个人干，不让我帮忙的。今天，我想为她分担一点，不使她太劳累，但是，她还是不让我动手，她说："你回去吧。"为了不使她寂寞，我没有回家，坐在一边陪着她。看着她忙碌的样子，想到她就要去医院动手术，但是她却全然没有考虑自己是一个有病的人，还像以前那样该怎么干就怎么干，一边干一边跟过往的人们说笑言语，好像什么事也没有发生。我的心里隐隐作痛，眼圈发烧，好像有泪流出来，怕她看见，急忙低下头。

天黑的时候，她数着一天卖的钱，说："差不多够还敏敏的账了。"

　　第二天，天阴沉沉的，不时有零星雨点落下来。我说："今天不出摊了，在家歇着吧！"妻子仰着头看天，她说："不要紧，雨下不下来。"可是，刚在街上摆好摊子，雨就下了起来，还有大风，把货刮得满天飞。妻子被淋成了落汤鸡，她冒着雨把货收起来。晚上，她身上发烧，头疼。吃了退烧药，好歹把烧退了。早晨起来，她身上乏力、酸软，咳嗽，仍然低烧。但是，她不顾我的劝阻，又出去了。接下来的几天，她都是早早地出摊，天黑了才回来。她把卖货的钱，都及时还了账。到最后一天的时候，就只有一家的账没有还了。她很是着急，我说："把货退给他算了！"她说："那怎么行？恐怕人家不愿意。"我说："老主顾了，这么点面子还不给？"她犹豫了一下，还是去了。但是不久又回来了，她摇摇头说："人家说了，钱不凑手的话，过一段时间再还不要紧，只是货不能退！"她心里很不安，她说："这可怎么办？"我问："欠人家多少钱？"她说："二百多。"我盘算了一下家里所有的钱，然后又算了算住院费、住院期间的生活费和预想不到的必要开支，说："这样吧，明天咱们先住院，等手术以后，再把这个账还了吧！"她叹口气说："也只能这样了！"她好像不放心，叮嘱说："你可一定记着啊！"

　　夜里，她翻来覆去地睡不着。我问她又想什么。她说："我要是不行了，今后，你跟孩子怎么办？女儿的大学怎么上？"过了一会儿，她又说："早知道这样，不如干一个挣钱多的买卖儿，多积攒点儿钱，今后你跟孩子也能生活下去……"

　　第二天，妻子住进医院，上午做了各种检查，下午就进了手术室。走进手术室之前，我在手术协议书上签字，妻子站在门口欲言又止的样子,护士在里面叫她进去,她迟迟不动。她咬了咬嘴唇,轻声说:"你替我记住,要是我不行了,你可一定要把人家的账给还了,啊?"说罢,扭头进了手术室。

我的耳朵"嗡"地一下,她的话就像临终嘱托,在我耳边久久回响,捏着笔的手居然不会写字,好久,才把自己的名字签在协议书上。

老　高

老高个头比较矮,而且又黑又瘦。他悄悄地走进病房的时候,竟没引起我们注意。他是来给他老婆陪床的。他老婆患淋巴瘤,需要手术。可是,哪天做手术,他们还不知道。老婆躺在病床上,有个实习护士不时过来问一下她的情况,或给她量一下体温、血压什么的。因此,他老婆显得很烦躁。

老高老婆催促老高:"你找医生问问,啥时候给咱做手术啊?"老高不吭声,坐在床边没有动。

老婆又说:"你去问问呀!"

老高显得很为难,闷声闷气地说:"问啥问,到时候还不给咱做呀!"

老高出去倒洗脸水的时候,他老婆说:"木头!干啥都木木的!"

"该找人的时候就得找人,要不,他们就给你拖着。"同病房的小张说。她小孩患阑尾炎,已经做了手术,待个一两天拆了线就可以出院了。小孩在床上摸爬滚打,片刻不得清闲。小张说的是实在话,我也很有同感。我老婆和老高老婆是同一天住进来的,住院之前,我就托人疏通关系,住院第二天就做了手术。这年月,不管干啥,不找关系是万万不行的!

转眼三天过去了,我老婆已经能下床走动,精神状态也很好。邻床老高老婆露出异常羡慕的目光。早晨查房的时候,医生对她说,再观察几天吧。其实,谁都明白,说是"观察"几天,无非是为了让病人多住几天,多交几天住院费。老高老婆坐在病床上就像坐在针毡上,很有些坐卧不宁的样子。她白一眼老高,说:"你去找找老王吧?"

老高踌躇了一下,很是为难的样子,说:"再等等吧!"

"还等,等到啥时候?"老婆不满地说。

"多年不走动,突然找人家,不太好吧? 再说,不知道人家在不在呢?"老高低下头去。

"你试试看嘛,不行咱再想办法! 多待一天多花一天钱!"

老高拿出手机,打开通讯录看了看,终于没有打,又把手机放下了。他说:"人家忙得很,咱这么点小事,怎么好意思麻烦人家。再耐心等等吧!"

他老婆狠狠地骂他,他却佯装没听见。

老高在乡下一个小学当教师,家境并不宽裕,两个孩子都上学,老婆没有工作,而且还要管老人,日子过得挺紧巴。这从他们两口子的穿着和吃饭上也能看出来,他们穿得很朴素,吃饭也总是拣便宜的买,有时候买一点好吃的,老高总是让老婆吃,老婆吃饱了,剩下的,他仍然舍不得吃,留给老婆下一顿吃。

老高两口子都出去了。小张冲他们撇了下嘴说:"一个乡下穷老师,找关系难啊!"她的孩子已经拆线,正收拾东西准备出院。

傍晚的时候,一个护士告诉老高:"明天做手术,今晚八点以后病人不要吃东西,不要喝水!"

老高看了老婆一眼,两口子心里的石头终于放下了。老高掐着指头算了算,他们已经住一星期院了!

由于老高老婆患的是淋巴瘤,手术很小,只缝了两三针,本来在门诊就可以做,但老高为了安全起见,还是住进了病房。手术第二天,老高的老婆就能下床走路,第三天,就基本恢复了。为了节省一部分费用,他们想要提前出院,拆线时到镇上的卫生院去拆。出院手续办完了,住院费共计花了5800元!这不禁让人大吃一惊,这么一个小手术,居然花了这么多!

老高两口子走的时候,我把他们送到电梯口,还未进电梯,只见一个中年人拍了拍老高的肩膀,说:"老高,你做什么来了?"

老高把脸转向他,惊喜地说:"哟,原来是你呀!"他转过头冲老婆介绍说:"这是老王,这个医院的院长!"

老王热情地跟老高握手。在他们的言谈话语中,得知当年老高曾帮过老王大忙,到现在,老王还一直记在心里。当他得知他们是来住院的,用埋怨的口气说:"看看你们,怎么不找我?"

老高憨厚地笑了笑,说:"你那么忙……"

老王说:"医疗费花了多少?"老高对他说了,他更加吃惊,说:"看看,花了这么多!你们挣钱不容易,怎么不找我说一声,看看你们!"

老高说:"不多,不多,你们这儿医疗水平高,医疗费高一点也没啥!"

老高坐电梯下去了。

然而,我却觉得,他的形象在我面前一下子上去了!这个老高，他有这么一个朋友却没去找，真是！回到病房，我跟老婆说了，老婆一个劲地又是摇头，又是点头。

漂亮女同学

我上大学的时候，家里很穷，学杂费大都是父亲借的高利贷。好歹熬到大三，只差一年就毕业了，可是，父亲再也借不到钱了。那些放高利贷的人担心父亲还不起，死活不肯借给他。一年的学杂费没有着落，父亲很着急，只得写信给我，看了信，我想起了高中女同学韩静。韩静长得特别漂亮，几乎所有男生都在追她，包括我。但是，她却一个也没看上，偏偏看中了外班的小个子二黑。

当然，我没扯远。我之所以想起韩静，不是没有来由的。我考上大学一年后，暑假回家，在路上遇见她。她已顶了她父亲的班，在一家国有农场工作了。她关心地问这问那，最后问我："有困难吗？有困难就给我写信。"我相信，这绝不会是客套话。思之再三，第二天，就给她写了一封信。

我没有收到她的回信，不知道她收没收到那封信。周末，我坐上一辆老旧的长途客车。客车像一个患痨病的人，疲倦地喘着粗气，吭吭哧哧咳嗽着，颠簸了大半天，终于在公路边停下了。我下了车，顺着一条乡间土路，向韩静所在的那家农场快步走去。天忽然阴下来，刚才还是晴好的天气，瞬间便乌云笼罩了。半个小时后，我来到了那个农场，大雨也紧跟着下起来。雨点箭一般唰唰地落下，把浮土砸出一个个小坑。我急急地朝一排宿舍奔去,一间宿舍的门正好敞开,便不顾一切地冲进门去。巧了,这间屋子的主人就是韩静,原来,她在窗口远远地看见我,便提前打开门。

宿舍只有一间,一张双人床占了一半,茶几和一张长沙发占了另一半,床和沙发之间拉着一面碎花布帘,白天,就把布帘拉开。墙上,挂着韩静和二黑的结婚照。韩静脸一红,羞涩中带着甜蜜,说:"三个月前,我们结婚了。"

"二黑呢?"我问。

韩静瞅着门外,天黑了,她脸色有些惆怅。

原来,韩静接到我的信,就把存折里仅有的两千元钱取出来,等我来取。可是,左等不来,右等不来,担心我急着用钱,便在今天打发二黑去学校给我送钱。

我也担心起来。

我跟韩静虽然是老同学,而且,我还曾经暗恋她,尽管当时心里有千言万语对她表白,但此时此刻,当我们单独在一起时,我却觉得没有多少话可以说。她好像也没有多少话,我们之间更多的是沉默,要不,就看门外,尽管外面什么也看不见。时间过得慢,到了晚上十点多,我却觉得像过了半个世纪。我坐了大半天车,又累又乏,不觉打起盹儿来。

"不早了,该休息了。"她说,起身整理床上的被子。

我连忙说:"我在沙发上就行。"

她坚持让我在床上睡,她在沙发上。但我死活不肯。她只得妥协,给我拿一床毛巾被,又给我一个枕头。然后,她拉上那面碎花布帘,关了灯。

一觉睡到天亮。雨,不知什么时候停了。

我打开门,发现门口的台阶上,坐着一个人,是二黑。

没有翅膀的飞翔

原来，二黑赶到学校，听说我回家了，便坐上返回的长途汽车。回到农场，已经凌晨四点多了。他怕打扰我们休息，索性在门口坐到现在……

依靠韩静借给我的两千块钱，我顺利读完大学。在后来的日子里，我时时想起我在韩静家住过的那一夜，想起二黑给我送钱回来蹲在台阶上的样子。我心里很是不安，甚至担心。尤其是结婚后，我和爱人之间因一些琐事互生疑窦。那一夜留宿，会不会给韩静和二黑之间的感情产生阴影？

一次，我见到韩静，委婉地问她。她一脸阳光地笑了，说："那夜里的事，二黑从没问过我，他从不怀疑我。我也曾经问过二黑，你知道二黑说什么？他说'爱你我就相信你！'"

二黑是好样的！他虽然个子不高，脸蛋黑黑的，不够帅，但他憨厚淳朴，心地坦诚纯洁，没有瑕疵。韩静选了他，真的选对了！

此时此刻，我不仅赞叹二黑，还赞佩韩静，她看人看得准，她的眼睛是最漂亮的。

表弟找了个女富豪

表弟老大不小了，还没找到对象，舅舅很是着急。按说，表弟生得一表人才，找个对象不成问题，但是也许是他眼光太高，一直到现在也没找上。这天，好消息终于来了。舅舅高兴地对我说："你表弟找上对象了，还是一个香港女富豪，家里开着好几个工厂呢！"

我有些将信将疑，这好事也来得太突然了。舅舅拿出照片让我看，是表弟同一个年轻漂亮的少女的合影，他们身后还停着一辆高级小轿车，我才相信这是真的了。想不到，表弟居然有这么大本事，不找就不找，一找就找个女富豪，这辈子吃喝拉撒不用愁了！那天，舅舅不由地喝得多了些，乘着酒性，他的话匣子就打开了。他说，等你表弟结了婚，我就让他上咱们这里投资建厂，你能写会算，就在厂里当个会计，反正工厂是你表弟开的，咱们想干啥就干啥！

表弟找了一个香港女富豪，并要回家投资建厂的消息很快传开了，村里有头有脸的人物都上舅舅家凑合，就连以前关系不好的也来同舅舅搭讪。舅舅家立即热闹起来。

第二天一大早，村主任李三顺跑到舅舅家，又是点头又是抱拳，满脸谦恭的样子，说："我早就看出来，狗子有出息，有能耐！咱不说别的了，到领结婚证的时候跟我言语一声，我把介绍信早开好了等着，免得耽误事儿。"接着，他压低声音，"俗话说：肥水不流外人田。狗子来投资建厂，说啥也要建在咱村里，咱们正想着招商引资哩！"

吃了早饭，一辆红色小轿车停在了舅舅家门口，车里下来了乡长张二标，随行而来的还有县电视台的记者。张二标拿出一个写有"五好家庭"的红牌牌，端端正正挂在舅舅家门口，又从车里鼓捣出一大堆东西，什么花生油、鲜牛奶，还有香蕉、橘子，最后又抬出两袋面粉，那架势，就像慰问军属老大娘。张二标鼓捣完了，说："东西不在多少，是乡里的一点心意。"然后，他冲着舅舅竖起大拇指说："李小狗同志是咱们乡难得的人才。听说以前表现也很好，是个好青年。当然了，他在外面打拼不容易，以后遇到什么困难，就让他打电话找我，只要我能办到的，不惜一切也要给他办好!"

县里的招商局长王五斗也来看望舅舅了。王五斗见了舅舅,就像见了老朋友,亲切地拉着舅舅的手,大哥长大哥短的。他先夸了一番表弟,说表弟厉害,找了一个好媳妇!他又夸舅舅,说舅舅真是不简单,养了一个好儿子,要是咱们县的父老乡亲都像您一样,养出这样有出息的好儿子,都找一个女富豪,那简直……他眯起眼睛,沉浸在想象里。他在临走的时候,要去了表弟的电话号码和住址。他说他最近准备去深圳,如果时间充足,就去表弟那儿看看,有什么难处就帮助解决一下,毕竟是老乡嘛!他这话说得舅舅心里很温暖。

王五斗局长果然去深圳了,他找到表弟,动员他在老家投资建厂。王五斗局长刚回来,乡里的张二标乡长也去了,目的也是一样,希望表弟来乡里投资。张二标回来后,村主任李三顺也坐上火车去了深圳。

他们跟表弟是怎么谈的,成果如何,舅舅不太关心,他关心的主要是表弟什么时候结婚。可是,日子一天天过去,表弟却不提结婚的事,舅舅十分着急,打电话问,表弟也支支吾吾地不说明白。舅舅每天在家里如坐针毡,焦急难耐。他想去深圳探个究竟,但因路途遥远,自己又没出过远门,终于没有去。

一天,他从地里干活回家,走到村口的时候,看见人们的神色很是异样,有人还在悄悄嘀咕什么,舅舅用心一听,便听见这么一句:"也不撒泡尿照照自己长了个啥模样,人家香港女富豪能找你?吹牛!骗子!呸!"舅舅打了个趔趄,差一点跌倒,脸一下子红到了耳朵根。来到家门口,忽然发现挂在旁边的那个"五好家庭"的红牌牌没有了,不知是被什么人揭走了。

舅舅心里纳闷,这到底是怎么一回事儿?舅舅再也坐不住了,便叫上我做伴儿,一块去了深圳,找到表弟的住所,表弟和他女朋友都在,打量一下那女的,不错,正是舅舅让我看的照片上的那位。两人那亲密的样子,不像发生过什么事儿。于是,我和舅舅心里的一块石头落了地。

我把表弟拉到一边,悄悄问他:"听说你女朋友跟你散了,这到底是怎么回事儿?"

表弟笑了一下,才说出了原委。原来,家乡的干部们接二连三去找他们,动员他们回家投资办厂,他和未婚妻不得不放下工作陪着,工作很受影响,因此,他们都感到厌烦。为了让这些干部们断绝念头,不再去找他们,便谎称他们已经中断恋爱关系了!

哎呀,原来是这样!我把表弟的话跟舅舅说了,没想到,舅舅的脸色变得很难看。住了一夜,第二天天不亮舅舅拉起我就走,表弟和他女朋友怎么劝也劝不住。坐到回来的火车上,舅舅的气儿还没消下去,对我说:"这小子变了,翅膀硬了,就瞧不起家乡人了!"

小　舅

小舅小时候跟着姥姥越过黄河去沂蒙山区讨饭,姥姥死了,他就流落在那里,四十多岁才找了一个带着两个孩子的女人,其中一个孩子还是瘫子。不过,小妗子(小舅找的这个女人)很能干,不怕吃苦受累,日子过得还不错。只是小舅从小流浪惯了,这样窝在家里过日子很不习惯,总想着出去闯世界。正巧,邻村的李二狗通过亲戚关系在东营揽了一个项目,想跟小舅搭伙。两人一拍即合。小妗子却不放心,她知道李二狗这个人不靠谱,担心小舅被人家骗了。小舅不听,和李二狗一起下了东营。

在东营,风风雨雨干了一年多,工程干完了,工程款却拖着不给。小舅和李二狗多次催要,人家说没钱,催也没用。小舅没办法,只得两手空空地回到家。跟着小舅和李二狗一块打工的那伙人却不干了,纷纷找小舅和李二狗要工钱。二狗没有钱,他和小舅商量,先让小舅暂时把工钱垫上。小舅只得把存在银行里的二十几万块钱提出来,不够,又卖了一头牛,两口猪,还不够,又卖了一万多斤粮食。结最后一个的时候,还差人家二三百元,小舅给他打欠条,表示来年再还他,人家不同意,眼睛瞄上了小舅的摩托车,趁小舅不注意,硬是把摩托车骑走了。

以后的日子,小舅经常去东营要钱,有时候自己去,有时候跟二狗一块去。但是,每一次都是失望而归。光阴荏苒,转眼两年多过去了。小舅去找李二狗,商量去东营要钱的事,但二狗不在家。小舅只得自己下了东营。他找到那个管账的,管账的说,那笔账已经结清了!说着,从抽屉里拿出一个账簿,指着里面的一张账单:看,钱已经被你们领走了!小舅看看那上面的签名,是李二狗!头嗡的一声响,身体晃了一下,差一点晕倒。

小舅一口气跑回家,他去找李二狗算账!李二狗还是不在家。不久,他听说,李二狗在省会济南租了房子,买了车,还包了一个年轻女人。小舅赶到济南,东找西找,济南这么大,人这么多,上哪儿去找他?

回到家,小舅把李二狗告上法庭,法庭判决小舅胜诉。但执行的时候,李二狗家里只有三间破烂的土坯屋,他那个神经不正常的老婆和三个满脸鼻涕的孩子蜷缩在里面。

小舅变成了穷光蛋。冬天来临了,日子变得艰难起来。幸好小舅身体好,有力气,能吃苦,在一个飘着雪花的早晨,他背起小妗子为他包好的铺盖卷,顶着呼啸的北风进了城,在一家还未停工的建筑工地做内装修的活儿。一直干到腊月二十三,建筑工地停了工,小舅才领着工钱回了家。他想,快过年了,李二狗也许回来了吧?便去了李二狗家。李二狗没回来,那个神经不正常的女人和她的三个孩子冻得瑟缩在炕上,盖着一床破烂的棉被。小舅跟小妗子说了,小妗子的眼睛红红的,从床上卷起一床厚厚的棉被,又拿出自己和孩子穿旧的棉衣,让小舅给李二狗家送去。大年三十,小舅又去了李二狗家,还是不见李二狗。那个神经不正常的女人和她的三个孩子怯怯地看着他。灶里冒着烟,锅里煮着一点稀粥。

小舅回到家,小妗子挖上半袋面,拿上三棵白菜,又割了二斤肉,跟小舅说,李二狗不是人,他娘们孩子也跟着遭罪,你给他家送去吧!小舅恨恨地骂了一句李二狗,带着东西出了门……

过了年,小舅又背着行李去了建筑工地。傍晚收工的时候,他发现了李二狗,像一条死狗一样躺在地上。听围观的人们说,他偷一个女人钱包的时候被发现了,打成这样。原来,李二狗坑来的钱早就吃喝嫖赌折腾光了,身无分文,又不想下力干活,便干上了偷窃的营生。小舅气哼哼地骂了一声,头也不回地走了!但走了没几步又停住,转回身,回到李二狗跟前,把他背到一个诊所,大夫给他处理头上的伤,说,不要紧,他只是昏过去了。等到李二狗醒来,小舅真想狠狠揍他一顿,但还是忍住了,对他骂道,赶快滚回家去,别在外头丢人现眼!说罢,给大夫放下一百块钱,头也不回地走出诊所……

咬眼的火花

　　远远地,他被那蔚蓝色的火花所吸引,走近了,看见一位年轻的姑娘,正用面罩挡住脸,另一手拿着焊枪焊什么物件。他觉得好奇,凑过去看。她停下手上的活儿,拿开面罩,露出俏丽的脸,一双星星般明亮的眼睛一闪一闪的,居然是玫。他们是高中同学,并且,他一直暗恋着她,但却一直没有勇气向她表白。高中毕业后,他去东北一个城市上大学。她却没有考上。他劝她来年再考。可是,她那双星星般明亮的眼睛一闪一闪,说,条条道路通罗马。然后,她信心满满地去一家私企打工。

　　这间作坊是你开的? 他问。这是一间上下楼,下面是车间,上面住宿。车间里有各种车床、刨床等机器。门口上方的广告牌上写着:便民维修。

　　玫点点头。在那家私营企业,她很快学会了电焊、机具维修技术。私企倒闭后,她租了一间门店,白手起家,自主创业,几年下来,她的客户遍及城乡。

　　你在哪儿高就? 她问,声音里透出对他的关心。

　　他蹙了一下眉,以前的神气全然消失。大学毕业后,他找工作,辞工作,工作换了好几回。这不,他刚从人才市场走出来,还是没找到合意的工作。

　　你要不要找帮工? 他忽然问。在找到新工作之前,他想在她这儿打零工,给不给工钱无所谓,只要能跟她在一起。

这活儿又脏又累,你这大学生愿意干? 她上下打量他,星星般的眼睛一闪一闪的。她很需要一个帮工,只是一直没有物色到合适人选。

他挽起袖子,开始搬一件沉重的铁家伙。

一抹笑意浮上她俏丽的脸。面罩又把那张脸挡起来,电火花闪烁着,跳跃着,透出一种欢快的情绪。他时常转过脸看她,看那蔚蓝色的火花。火花很好看,有着诱人的美。

不要看,会咬坏你的眼睛! 她警告他。

咬眼睛? 他笑了,觉得这话很有诗意。但是,他还是忍不住要看。

忽然,他觉得眼睛一疼,眼前一黑,什么也看不见了! 眼睛里针刺一般难受。糟糕,真的咬着了!

她慌了,急忙丢下面罩和焊枪,挽着他的胳膊,慢慢上楼,让他在床上躺下。

别动,我给你滴药水。她说。接着,他听到窸窸窣窣一阵响动,感觉到她的身子凑到他面前,有液体滴向他的眼睛,一滴一滴,温温的,润润的,绵绵的……他不知道这是什么药,问,这是什么药? 她莞尔一笑,说,神药。你闭着眼睛,不要乱动,老实躺着。说完便下楼去,细碎的鞋跟踏在楼梯上的声音,一直响到楼下,随着,电焊的声音响起来,只是那蔚蓝色的火花看不到了。

神药? 他心里疑惑。过了一会儿,又是一串细碎的鞋跟踏在楼梯上的声音。她上来了,又一次给他滴药水。药水一滴一滴滴进眼里,又从眼角流出来。他感觉到她离他很近,他甚至嗅到了一种儿时嗅过的母乳的馨香。渐渐地,他眼睛的疼痛减轻了。哦,她的药这么神奇。情不自禁的,以前暗恋她时的火花重新燃起,他想,等眼睛好了,一定要把埋在心里多年的秘密告诉她。

玫每隔一段时间就给他滴一次药水。在她不知是第几次给他滴药水时,他的眼睛居然慢慢地睁开了,一道耀眼的光亮出现在眼前。然而,只是一刹那,他又把眼睛紧紧地闭上了! 因为他看到了此时此刻他不应该看到的东西! 那是什么? 圆圆的,洁白的,像是白馒头似的……原来,那"药水",居然是她的乳液,正从她的乳头滴下来。他感动了,眼泪和着乳液一起流出来……

他的心脏急剧跳动,但只是跳了一小会儿便冷静下来,一丝疑问迅速爬上心头:她有孩子了? 不,这样的结果叫他难以接受,心里增加了深深的痛。

第二天,他迟疑着,要不要还去她那儿。他轻轻揉了揉眼睛,还有乳液的余香。想了想,他还是去了。

玫告诉他,几年前,她曾经有一个男朋友,是她在那家企业打工时认识的。便民维修部开业后,他又帮助玫做事。可是,不幸的是,一年前,在一次外出购货时,车祸夺去了他年轻的生命。这个孩子就是他的。现在,孩子一直由玫的妈妈照看。

他心里不由一沉,想不到,她的命运如此不幸。但是,她的坚强更让他赞佩,如此沉重的打击没有使她消沉,她那柔弱的肩膀挑起了本应由两个人共同挑起的重担。他再也坐不下去了,学着玫的样子,拿起焊枪,戴上面罩,他的面前,闪烁着蔚蓝色的火花……

超级大礼

吴大宝正在家里琢磨如何发一笔横财,"嘭嘭嘭!"有人敲门,他开门一看,一个戴眼镜的瘦高个儿站在门口,肩上扛着一个大纸箱,胳膊抱着一个大纸箱,不等吴大宝说什么,"眼镜"一步跨进门来,把两个大纸箱放在地上,满脸笑容地说:"先生,恭喜您!"

吴大宝摸不着头脑,瞅一眼箱子,又瞅一眼"眼镜",呆愣着。

"哦,我是大洋美尔雅洗化用品有限责任公司的,我们公司决定,送给您一份超级大礼!""眼镜"指着脚下的大箱子,箱子上印着什么高级洗化用品字样。

吴大宝并不知道有这么一个公司,不过,听说送给他超级大礼,眼里便闪着兴奋的光,张大嘴巴笑,差一点没笑出声。

"为什么要送给我呢?"吴大宝心里有些疑问。

"我们公司搞抽奖活动,从最近去我们公司购物的客户中抽出来的!"

吴大宝还是迷惑,他记得清清楚楚,从未去这个公司买过什么东西,连这个公司在什么地方都不知道! 也许他们弄错了吧?管他错不错呢,既然人家把这么多东西送了来,先收下再说!

"不光这些,外面还有呢!""眼镜"说着,又跨出门外。可不,外面停着一辆三轮车,三轮车上装满了这样的大箱子。"眼镜"便一箱一箱地从车上搬下来,往吴大宝家里扛,吴大宝也挽起袖子,帮着"眼镜"往自己家里扛。搬完了,他累得一脸臭汗,身上的衣服也弄脏了。但他并不在意,笑着问:"这些都是我的?"

"当然都是您的!""眼镜"不容置疑地说。他掏出一张纸,一支笔,说,"您先写一张收条,过会儿我再来给您办手续。"吴大宝想也没想,接过纸笔,唰唰唰地写了,签上自己的名字。"眼镜"赶忙收起来,他嘱咐吴大宝,对这些货物暂时不要乱动,便急匆匆地走了。

吴大宝看着满屋子的箱子,不由得意地大笑起来,他想,怪不得这几天左眼皮老是跳,原来是跳财!还是大财!他数了数箱子,共有十八箱,里面都是高级化妆用品,这要是弄到商店卖了,少说也得值个三千五千的!真是意外之喜!意外之喜!他高兴得简直要发疯。

"嘭嘭嘭!"又有人敲门。"来了来了。"吴大宝忙着招呼,一边去开门,"眼镜"回来了。

"眼镜"先看了看他送来的箱子,都在那儿,没有动,数量也没有减少,便放下心来,大概渴得厉害,他咕咚咕咚地喝了瓶矿泉水。吴大宝端起茶壶,殷勤地给他倒满。"眼镜"却不再喝,掰着手指头说:"这18箱化妆用品,价值6800元,全部赠送给您。您还有什么意见吗?"见吴大宝感激地微笑,便话题一转,道:"不过,我们公司决定,凡领取我们超级大礼的客户,都需要交领取费800元。"

吴大宝赶紧点头答应,因为这800元刚好是那些物品的一个零头。

"眼镜"接着说:"另外还有送货费100元。"

不多不多!吴大宝也连忙应下来。

"再就是会员费1000元。因为往后您就是我们公司的会员了,在我们公司购物,一律享受 8 折优惠。"

"行,行!"吴大宝点着头。

"会员集资款 2800 元。这一项我们是要归还的,而且还有丰厚的利息。"

吴大宝心里默算了一下,也应下来了。

"赞助费 1000 元。"

吴大宝没作声,心里咚咚跳起来。

"个人所得税……"

"工商管理费……"

"眼镜"把所有这费那费说完了,吴大宝心里也算好了,这些钱数加起来,不多不少,正好 6800 元,与那些高级洗化用品的价值相等。他不再高兴了,看着那些箱子,咽了口口水,好像觉得它们已经不再属于他了!

"交上钱,这些东西都是您的了!""眼镜"笑着说。

吴大宝不是傻瓜,他怎么会这么轻易地交钱呢?怎么会上这么低级的当呢? 他恋恋不舍地看着"眼镜",把那些箱子一箱一箱地搬出去,装到三轮车上,走了。他笑"眼镜"太蠢,不先问好了人家要不要,就硬往人家屋里搬,不嫌累!

"大宝,你跟这个'眼镜'是亲戚呀?"邻居大妈好奇地问。

"什么亲戚,我根本不认识他。"吴大宝闷闷地说。

"那他的东西怎么放在你家里?"大妈很有些不解。

吴大宝听话中有话,急忙问这是怎么回事。大妈告诉他,这个"眼镜"带着这些东西挨门挨户推销,因为价钱太高,一瓶也没卖出去。不巧,他的车轱辘不知怎么被扎破了,带着那些货物不能走,他想把货物找个地方放下,他好推着车子去街上修补,可一连问了好几户,人们见他尖头猴脑的,不愿让他放,他这才去敲你家的门。

吴大宝明白过来,哦,怪不得他说出去一会儿就回来,原来他是去修车! 吴大宝跺了跺脚,骂道:"奂! 我真是个大傻瓜,白叫这小子使唤了!"

不明飞行物

一个爆炸性新闻在大庭广众之中飞速传播,说是昨夜零时13分59秒,一个不明飞行物出现在本城上空。关于不明飞行物的报道虽然在国内外媒体上多次出现,不算新奇独特,但在本城上空——也就是说,曾经在自己头顶上一闪而过,这就不能算是一件小事! 而且这一不明飞行物也非同寻常,据目击者透露,它闪着七彩祥光,还播放着优美动听的音乐,转了个大大的圆圈,便消失在浩渺的夜空……

人们谁也不怀疑这个消息的真实性,男女老少都激动着,好像不明飞行物的光临是全城人的荣耀,很值得夸口,人们情不自禁地口口相传,并且把自己的随意想象也添油加醋地混杂其中,及至传到报社记者小 D 耳中时,不明飞行物又添加了新的内容:它在本城上空足足停顿了一根烟工夫,并有蔚蓝色的亮光快速闪动,大概是进行拍照,这么说,它已把本城的鸟瞰图带向外空。哇! 本城就要名闻宇宙了!

然而,小 D 并没有像大多数人那样陷入过度的高兴和激动之中,恰恰相反,他摆弄着手里的摄像机,很有些懊恼。昨夜零时

13分59秒,他正在鼓捣新闻,并没有睡觉,尽管新婚妻子已经脱光了躺在席梦思床上等着他,但他对新闻事业的挚爱还是超过了对他的娇妻。他仔细回想了一下,昨夜他曾经几次走出屋去,呼吸新鲜空气,仰望满天星斗,但恰恰没在零时13分59秒出去,如果恰巧那时候出去,发现了这一奇观,并用摄像机拍摄下来,会是怎样的情景呀!与不明飞行物失之交臂,他后悔得肠子都青了!幸而还可以亡羊补牢,就是用他的生花妙笔,把这件事写成文字稿,交给报社发表。为了把稿子写得真实生动可信,他需要做一番深入了解,用专业术语说就是采访。

可是,他一连采访了好几个人,都叫他大失所望,因为这些人虽然对不明飞行物的来龙去脉说得头头是道,就像亲眼所见,并赌咒发誓说,他们讲的这些绝对真实,没有一句虚构,但令人遗憾的是,他们知道的无非是听来的故事。小D想要顺藤摸瓜,便进一步追问,你们听谁说的?他们回答说,满大街的人都在说这事,你一打听就明白了!这话跟没说一样。小D又马不停蹄地满大街转悠,采访了一个又一个人。然而,转遍大半个城区,也没找到目击者。

正在他焦头烂额,茫无头绪的时候,忽有一名美女来到面前,美女见了小D,就像见了久别重逢的情人,不由分说,紧紧地抱着他就是一顿狂吻。吻了一通之后,美女才开口说道:哇,我可找到你了!她自我介绍说,她是电视台节目主持人,正在采访不明飞行物的新闻。她听说小D是不明飞行物的目击者,便一路追踪采访,找到小D。小D擦去脸上的唇印,他不想骗她,跟她照实说了,他并不是不明飞行物的目击者,他本人也正在苦苦寻找目击者。但美女主持人死活不相信,以为小D保密。她跟小D说,只要你承认你是目击者,我可以答应你提出的任何条件。怕小D

不懂,她还做了个暗示的动作。见小 D 犹豫,她接着说道,只要你愿意,咱们可以马上上床! 说着,迅速地解开内衣,露出雪白丰满的胸部。小 D 却像见了魔鬼,吓得面无人色,急忙夺门而出。美女在他身后喊道,傻瓜! 跑什么? 我可是地地道道的处女呀!

从此,小 D 的麻烦接二连三地来到了,不仅那个电视台的热辣美女追他,还有一些新闻媒体的记者也来找他。小 D 就像躲避瘟疫一样东躲西藏。更为糟糕的是,小 D 的领导也在打电话找他,领导在电话里毫不客气地把他大批一通,非常严厉地指责他不该把不明飞行物的情况隐瞒不报,然后,用命令的口气,让他把不明飞行物的来龙去脉写成文字稿交上来,以便审查后尽快见报。小 D 的嘴咧成个大苦瓜,连忙向领导解释,但领导根本就不听进去,不耐烦地说,你什么也不要讲,我唯一希望得到的,就是不明飞行物! 领导说完就关机了,小 D 的耳朵却还在不停地哆嗦。

小 D 不敢去见领导,也不敢在大街上公开露面。唯一的办法,就是把自己藏起来。但世界之大,却没有他小 D 的藏身之处,因为不管走到哪里,都会有人认出他,他的身边就会围拢起很多人,七嘴八舌地问他不明飞行物的事。他往往要拼出很大的力气,才从人群中挤出来,逃向别处。他想,总是这样躲藏也不是办法,不如干脆把不明飞行物的事情弄明白。但他不再像以前那样漫无目的地在人群中寻访了,因为那样做无异于大海捞针。他做出一个新的决定:带上摄像机,在夜晚到来的时候,爬上高高的电视塔,目不转睛地注视着浩瀚的夜空,等待着不明飞行物的再次光临,他相信,只要不明飞行物出现过一次,就会出现第二次! 只要它再次出现,他就原原本本地把它给拍摄下来!

可是,苦苦等待了一夜,流星倒是看见了好几个,在夜空划出长长的白线,迅速消失,而不名飞行物呢,却连影子也没有见到!黎明到来的时候,又困又乏的他,一不小心,从高高的电视塔上跌落下来,飞速地向地面坠去。

这时候,街面上已有很多行人,有人发现了从电视塔上坠落下的物体,异常兴奋地喊道:快看! 不明飞行物!

大变活人

劳恩斯先生是一个魔术大师,他的拿手好戏就是大变活人。他不仅能把男的变成女的,把老人变成小孩,还能把丑陋的人变成貌美的人。他从来不带模特助演,所有用以表演的人,都是从现场抓取的普通观众。他也不像传统魔术师那样,用一块幕布把人遮挡起来,一切都是透明的,公开的,众目睽睽之下,把一个人甚至几个人的相貌瞬间改变。人们经他如此这般一"变",年老的变得年轻了,不漂亮的变得漂亮了,渴望变性的人也实现了自己的愿望。更为叫绝的是,他不仅能改变人的外表,还能改变人的内心。比如,他能把一个恶人变成善人,把一个坏人变成好人,把自私自利的人,变成大公无私的人。每当他表演的时候,观众都争先恐后地纷纷上台,争当被改变的角色。劳恩斯先生名声大噪,他的魔术大受欢迎,所到之处无不给人们带来无比快乐,演出场所座无虚席,一票难求。

这天,他受邀来到一个叫作温特的海滨城市。该城以崇尚民主而著称。劳恩斯先生亲眼目睹之后,耸耸肩膀,用一个字形容自己的感受：乱。宽阔的大街上，满满的都是举着横幅、打着小旗、高呼口号的游行民众。就连他下榻的酒店门口，也是人山人海，简直比集市还热闹。邀请他来演出的是本城执政党党首乔治先生。乔治先生相貌奇特，鹰鼻，额头纹刀刻一般又深又长。他跟劳恩斯先生并不相识，只是对他的大变活人之术大为崇拜。如果不是步入政坛，他真想舍家弃业追随劳恩斯先生当学徒。他虽然贵为执政党党首，但日子并不好过，不管他走到哪里，都是毫无由头的反对之声，简直让人无所适从。他同劳恩斯先生刚刚见面，就像老朋友似的对他大倒苦水。

劳恩斯先生对政治不感兴趣，他两手一摊，客气地问道："乔治先生，我能帮上您什么忙吗？"

"当然，"乔治先生蓝色的眼睛闪着祈求的光，他把意图告诉对方。"事成之后，酬金不会少的！"劳恩斯先生热情助人，何况还有丰厚的酬金，他欣然同意。

第二天，劳恩斯先生来到酒店外面的大街上，陪同他的还有乔治先生的女助手玛丽娜小姐。玛丽娜小姐金发碧眼，风姿撩人，她陪在劳恩斯先生身边，使劳恩斯先生灰暗的面孔陡增亮色。他们若无其事地走进抗议的人群中。人们并不认识他，还以为他也是来参加游行的。玛丽娜小姐伸出纤纤玉手，指着几个人悄声告诉他："这是他们的头目。"劳恩斯先生不动声色，走到那几个人面前，用手对着他们的头部轻轻一指，又对着他们的胸部画了个圆圈，嘴里念念有词，说声"变！"奇迹马上出现了，这几个人立即丢下手中的小旗，转身向相反的方向走去，那些跟随着的人们，发现头目走了，也纷纷丢下小旗，扯烂高举着的横幅，一哄而散，各自回家。玛丽娜小姐又领着劳恩斯先生，转了几条大街，用同样的手法，把抗议的人群瞬间搞定。在很短的时间内，几条乱哄哄的大街,终于安静下来。劳恩斯先生的高超法术,让坐在轿车里远远跟在后边的乔治先生大为满意。乔治先生打算让劳恩斯先生乘胜追击,把全城的抗议人群全部驱散,无奈,因为走路太多,劳恩斯先生又累又乏,只得回到酒店。

第二天,劳恩斯先生准备按照乔治先生的吩咐,在漂亮的玛丽娜小姐陪同下,继续做昨天未做完的事。但是,不好的事情发生了! 他刚走出酒店大门,就被众多的人包围起来,人们一个个瞪大眼睛,伸着拳头,恶狠狠地朝他扑过来,一边叫喊着:"坏蛋! 打死他! 打死他!"他吓得浑身哆嗦,不知如何是好,玛丽娜小姐也吓得哇哇大叫。几枚臭鸡蛋准确地落在劳恩斯先生头上并开了花,他的脸上身上满是黏糊糊的液体,一只臭鞋也狠狠地扔在他脊背上。如果不是酒店的几名保安及时冲过来,把他们抢进酒店,并迅速关上大门,后果简直不堪设想。

抗议人群把酒店包围了,齐声高呼:"劳恩斯,滚出来!"劳恩斯先生瑟缩着躲进房间里,拉上厚厚的窗帘,不敢往外看。他明白发生了什么,后悔自己贪图丰厚的酬金来到这里,捅了马蜂窝。但是,后悔无用,一切都已经晚了! 一晃十几天过去了,酒店外的人不仅没有散去,而且越聚越多,酒店的经营被迫停止了。酒店经理—— 一个红眼睛的矮胖子推开劳恩斯先生房间的门,对着劳恩斯先生可怜兮兮地唉声叹气。"酒店一天不经营,我的员工就一天没有饭吃,他们要求把您给交出去,我的上帝!"经理先生话音刚落,只听门外一片哗然,一大群人冲进屋内,都是酒店的员工,其中有厨师,服务生,保安,还有保洁员,异口同声地要劳恩斯先生赶快离开这里。劳恩斯先生更加害怕,如果他不从,他们就会拽起他的四肢,像扔一只老鼠一样轻松地把他扔出去。万般无奈,劳恩斯先生只好走出房间,来到门口,对着外面汹涌的人群,停下脚步，只见他晃晃脑袋，原地转了一圈，说声"变！"把自己变成一个疯子，从地下捡起一面小旗子，举在头顶摇晃着，疯疯癫癫地冲出门外，混入抗议的人群……

狂犬病

罗伯特的牧羊犬得了狂犬病，见了羊咬羊，见了牛咬牛，见了人咬人，甚至看见它的主人罗伯特先生，也狂吠不止。罗伯特着急地想，不找个正经医生给它看看是不行了！

在当今社会，打着医生旗号的人比比皆是，可是，要找一个正经医生就难了。正当罗伯特发愁的时候，牧羊犬"汪汪汪"地惊叫起来，只见门外进来一个又高又瘦的老头，原来是医学院院长劳先生。

劳院长的医术非同一般，他同医学博士郝先生、医学研究会会长乔先生并称"医林三杰"。说话间，那狗冷不防地扑上来，一下子衔起了院长的下巴，眼看就要把他的下巴给咬下来。院长不慌不忙，轻轻一咳，那狗立刻闭上凶狠的嘴巴，规规矩矩地站在那里。

院长果然厉害！他摸着下巴，轻松地一笑，对还在惊愕不已的罗伯特说："幸亏遇上我，这要是让郝博士和乔会长来了，就不行了，他们啥也不懂，除了吹牛，就是骂人！"他压低声音说，乔会长是个流氓，他借给女人看病之机，在人家身上又是摸又是捏。他学着会长的样子，在狗身上摸来摸去，狗发起抖来。他告诉罗伯特:"它的病需要根治。根据劳氏中医理论,这狗之所以得了狂犬病,问题就出在这个狂字上,它不把一切看在眼里,总是看这也不行,看那也不中,狗眼看人低嘛! 所以,不管看见什么,都'汪汪'叫。这样吧,我先回去配几副中药,一个钟头后就回来。"

"哈罗!"劳院长前脚刚走,门外就传来一声怪叫,罗伯特一看,原来是医学博士郝先生。牧羊犬不识好歹,猛扑上去,张开大嘴咬起他的高鼻梁。博士并不害怕,他轻轻吸了吸鼻子,那狗马上乖乖地停住了。

郝博士得意地闪闪小眼睛,说:"这对我来说没什么,小菜一碟。不过,换上劳院长和乔会长,就难说了,他们是白痴,根本不会看病。告诉您一个秘密,姓劳的那个院长头衔是他花8万元买来的!"

骂完院长和会长,他又抚摸了一下狗尾巴,夸赞道:"你看它多么老实啊,不过它的病可不轻啊! 根据郝氏西医理论,这狗之所以得了狂犬病,原因在犬字上。您瞧啊,这犬字去一点叫作大,它太妄自尊大,自以为是,自以为是天王老子,所以,见什么咬什么。这样吧,我回去配几副西药,待一会儿拿来让它服下,保证药到病除。"

郝博士刚刚离去,在牧羊犬第三次狂吠声中,迎来了医学研究会会长乔先生。他装模作样地凑近牧羊犬,在它身上仔细查看。牧羊犬龇着尖利的牙齿,冲他的脑门狠狠地啃去。会长轻轻瞪了一眼,那狗立即老实下来。

"治疗狂犬病,是本会长的拿手好戏!"会长笑道,"可是,这要让那个狗屁院长、混蛋博士给治呀,牧羊犬肯定完了。"会长悄悄地说,"听说过没有? 郝博士的博士文凭是假的!"

会长骂归骂,可还没忘记自己是干什么来的,他喋喋不休地对罗伯特阐述开了他的理论学说："根据乔氏中西医兼治的理论，这狂犬病的病因就在病字上，您瞧啊，这病字里头有个小人儿，它的周围都是病，整天被病压着，它烦不烦？所以它就'汪汪'叫，不停地叫。"他说先回去配几副药，马上回来给狗治病。

时间不长，三位医生同时来到罗伯特家里。罗伯特担心他们会像疯狗一样咬起来，紧张地站在一边，不敢离开半步。

"哎呀，院长！幸会幸会！"乔会长一步跨到劳院长面前，握起他的手，声音甜甜地说，"院长啊，您是咱们本地的医学泰斗，您的劳氏中医理论，简直无人能比！"

"会长说得对极了！"郝博士赶紧握起劳院长的另一只手，猛烈地摇晃着，简直把院长的骨头架子给摇散了。

劳院长被会长和博士的意外热情所感动，他微笑道："哪里哪里！博士的郝氏西医理论和会长的中西医兼治理论，实在精辟，令人佩服。本院长准备将你们的理论，在我主编的《世界医学论坛》上发表。"

"哎呀！"会长和博士受宠若惊，极力赞美院长关于"狂字学说"经典论断，并把犬字说和病字说，骂了个狗血喷头。

站在一边的罗伯特惊呆了，他万没想到，会出现这样戏剧性的场面。他小心翼翼地说："博士先生，病因在犬字上，不是您亲口说的吗？还有您，会长先生，您不是刚刚说过，病因在病字上吗？怎么一会儿工夫就改了呢？"

院长收起笑容，把疑问的目光投向博士和会长。博士和会长十分尴尬，满脸通红，讷讷半响，一个字也说不出来。

"哎呀！罗伯特先生，您这是怎么了？"博士和会长忽然指着罗伯特的鼻子，大叫起来，"快，张开您的嘴，看看您的舌苔，啊呀，不好！院长，您瞧，他的舌苔！他，他得了狂犬病！"

院长伸过他的尖下颏，定睛一看，急忙捂起了嘴巴，对他的两个同行说："还愣着干什么，快给他治病呀！"

会长和博士立即围过来，架住罗伯特的胳膊，就要把他按在床上。罗伯特大惊失色，使出浑身力气，从他们手中挣脱出来，拼命往外奔逃，三位医生在后边紧追不放。

"汪汪汪！"牧羊犬也挣断绳子，张着大嘴向罗伯特扑去。

疯牛病

罗伯特的牛病了，他请来三位最有名的医生给牛诊病。

在本地医学界，这三位医生堪称权威，他们在多年的临床实践中，攻克了多种疑难顽症，研究论文还发表在国外医学杂志上。他们的相貌也非常奇特，一个个凹眼隆鼻，大嘴巴，厚嘴唇，很像世外高人。罗伯特向他们诉说病情：这牛对人特反感，看见人就挣缰绳想逃，一点也不温顺老实。小心，别叫它踩着！三个医生经过一番望闻问切，并进行反复论证，最后在诊断书上写下三个字：

疯牛病。

罗伯特吃了一惊，他有点怀疑地说，我家的牛怎么会得了疯牛病呢？

劳医生慢条斯理地告诉他，不光你家的牛，许多大牧场、奶牛场的牛都得了这种病。

得疯牛病也算是时髦呢！郝医生调侃道。

罗伯特着急了，搓着手说，这是怎么回事，这是怎么回事！

乔医生语出惊人：牛得了疯牛病，跟人有关，也可以这么说，它是被人给吹疯了！劳医生和郝医生都赞同地点着头。

你是说吹牛？罗伯特瞪大了眼睛。他头一回听说，吹牛能把牛吹疯。这要不是德高望重的乔医生说出来，换了别人，那简直就是歪理邪说，或者干脆叫作吹牛！他顿悟了，怪不得牛见了人就想逃，原来是怕吹呀！

不过，不用着急！三个医生说，治疗疯牛病，对他们医学权威来说，简直是拿手好戏，只消一个疗程，就能手到病除。

罗伯特急切地问，我想知道，你们是怎么个治疗法？

三个医生异口同声地说牛既然是被吹疯的，那么，我们就用最拿手的疗法——吹疗法，这叫作以吹治吹！

吹牛开始了！

三个医生在地上画了个大大的等边三角形，每人各站一角，把牛围在中间。他们的吹法不同，姿势有别，各显神通，令人大开眼界。

劳医生手拿一根红线，线的一端系在牛尾上，另一端含在嘴里，腮帮子鼓得像个蛤蟆，放着亮光，气儿随着红线走，红线一颤一颤，轻轻抖动。早听说有用游丝诊脉的，毕竟没有亲眼见，今天，劳医生用线吹牛，真叫一绝。

乔医生吹牛不用嘴，用鼻孔。他手持一根擀面杖，鼻子对着擀面杖的一头，冲牛肚子吹去，只见一道蓝光，从擀面杖里蹿出，像激光，又像鬼火。中国有用擀面杖吹火的谚语，但不幸带有贬义。今天，乔医生用擀面杖吹牛，治病救牛，别有新意，堪称盖世奇功。

郝医生的吹法更加出人意料。他背对着牛，闭上眼，闭紧嘴，关闭身上除了肛门外的所有气孔，弯下腰，撅起屁股，那样子，就像一门老式火炮，"炮口"直对牛头。只听乒乒乓乓一连串怪响，有异味扩散开来，起初似有芝兰之香，接着，又臭气熏天。罗伯特不堪忍受，只得站远些。

看那牛，用力拽着缰绳，好像要把缰绳挣断，鼻圈把鼻子勒破了，流着血，肚子一鼓一鼓，眼里含着泪。罗伯特想走过去给它梳理一下，使它能够减轻病痛，但又怕牛踩了他的脚，不敢上前。他搓着手，无奈地叹气。

太阳从东边转到西边，渐渐落山了，三个医生还在一个劲吹着，直吹得天昏地暗，狂风四起，沙粒乱飞。看那牛，似比以前安静了，肚子却鼓得更大了！不久，它的四条腿儿便难以支撑了，终于轰然一声，倒卧在地，腿也伸得直直的！

罗伯特上前一看，牛死了！便找三个医生理论，要求赔偿经济损失。三个医生却轻松地笑了，说，罗伯特先生，你简直是没见过世面！你听谁说，吹死牛要赔偿的？法律上有这样的条款吗？不过，我们哥仨的出诊费，你一分钱也不能少给哟！

遭遇撞车

杜萍意外地遇上了高中时的同学林红。就在她们即将擦肩而过的时候，杜萍觉得，迎面而来的这个女人面熟，便在急忙减速的同时，眼睛向对方投去，恰巧，对方那双隐在太阳镜后的大眼睛也正望过来，两双眼睛一对视，便不约而同地发出一声惊呼，同时停住了各自的助力车。

杜萍打量着林红，依然那么漂亮，纤细的腰，浑圆修长的腿，金色的耳坠儿轻轻地摆动，一条价值不菲的项链嵌在洁白的胸脯上，一手扶着助力车，一手把太阳镜推到头顶上，很炫的样子。杜萍有些嫉妒，年近三十的人了，皮肤还保养得这般好，身材也这般苗条，简直比在学校时还风情万种。她恨自己不是一个男人，否则，她一定娶林红为妻！看见林红也在打量自己，眼神里不无欣赏的成分，心里有些踏实，幸亏自己的穿戴不算太差，不然，在老同学面前，不是太掉价了吗？只是自己略胖了点，不过，这也许被认为是富态呢！

很快，杜萍又生出一丝疑惑。她早就听说，林红闪电般地结婚后，又闪电般地离了婚，不久，又下了岗，可谓红颜薄命。可是，今天一见，她却如此珠光宝气，衣饰不俗，莫非她又傍上了大款，或者嫁了个有钱的老头？眼下，嫁个有钱的老头颇为时髦，也相当合算，老头一死，财产都是她的了！按照林红的性格，这是很有可能的事。为了证实自己的猜测，她试探地问了一下她的婚姻，果然，林红闪烁其词，不做正面回答。于是，一丝欣喜飞上了她的面庞，好像林红嫁个有钱的老头，她杜萍也能从中借光似的。

"杜萍，看你的样子，简直像个富婆，是不是正在经商？在咱们同学中，你最有经济头脑！"林红探询地看着杜萍，她也在悄悄研究杜萍。

杜萍轻轻地叹口气，暗想，什么富婆，我简直快成乞丐了！她在单位下岗后，已经调换了好几个工作，最近，听说跑保险还行，便又成了保险公司的推销员了。

为了提高成功率，她首先把自己进行了外包装：戴上耳环、项链，穿上超短裙。打扮得很性感的样子，骑上助力车满世界跑。

不知道的人,以为她跑保险挣了不少钱呢!然而,林红并不知道她的底细,十分神秘地说起了在银行存款的事,这正中杜萍的心思,便接过话茬儿,压低声音说:"是啊,往后,有了钱别往银行存,利息那么低……"

林红深表赞同:"对极了!有了钱,买保险!"

"真是坦率得可爱!"杜萍简直高兴得不得了。"哈哈,老同学,我可找到知音了!你说得对,买保险最合算。我有一个邻居,全家人都入了保……"杜萍像个经验丰富的垂钓高手,不知不觉地将诱饵向她的猎物送过去。

"嗨!买保险是最时髦的投资,你知道吴次村吗?全村都人了保;还有胡周镇……"林红知道的一点也不少,并且说得眉飞色舞,令人心动,好像人家入保,与她有什么相干呢!

两个女人侃侃而谈、滔滔不绝,她们对保险都兴趣盎然,情有独钟。杜萍暗暗得意,真是"踏破铁鞋无觅处,得来全不费工夫"。今天,碰上这个有钱的女人,说不定就是碰上一个活财神呢!她相信,她刚刚抛下的鱼饵,已经被对方吞下,她准备适时收线了。她悄悄地说:"林红啊,咱们是老同学,有句知心话告诉你,你可别在意。嫁个老头也不是长久之计,等几年老头死了怎么办?趁着如今有钱,买些保险,以免后顾之忧啊!"

"哟!瞧你说的,我哪嫁什么老头!"林红哈哈一笑,不无狡黠地说,"我担心的是你啊!趁着经商有钱,抓紧买保险吧!"

杜萍不假思索地说:"那当然……"

林红从小巧的坤包里拿出一张名片,递给杜萍,说:"简直巧极了!我是人保公司的业务主管……"

啊?杜萍语塞了。她好不懊恼,想不到,自己下了饵,却撞上别人的网!她瞪大失神的眼睛,木然地看着对方,忽然冷冷地笑起来，因为她觉得，林红的项链、耳坠什么的，都一下子失了真，就同自己戴的这些一模一样。

菜市场里

　　这是一处较大的露天菜市场，每天从早到晚，来买菜的人来人往，熙熙攘攘。窄窄的人行道两边，摆满了新鲜时令蔬菜：有顶花带刺儿的黄瓜，有红红的西红柿，有带着露珠儿的小白菜，还有紫皮的茄子，翠绿的芹菜，墨绿的韭菜、菠菜……颜色多样，品种齐全，应有尽有。男女摊贩们坐在菜摊后边，热情地招呼顾客。

　　一位中年妇女推一辆电动车，在人流缝隙间慢慢地走着，两眼左顾右盼，寻寻觅觅，好像寻找什么。摊主问她要啥菜？她只是微微一笑，然后摇摇头。她叫李萍，要寻找一位卖菜的女摊主。刚才，她就是在她这儿买的菜。她记得清清楚楚，那女摊主三十来岁，瓜子脸，长得白白净净，一点不像整日间在露天市场风吹日晒的样子。可是，她在菜市场转了好几圈，就是没看见那位漂亮的女摊主。她又仔细回想一遍，那位漂亮女摊主的头顶上，罩着一顶硕大的红色遮阳伞。经过几个来回，她终于找到那顶红色遮阳伞，可是，遮阳伞下，却是一个粗粗胖胖胡子拉碴的黑脸汉子。

　　这里那位大妹子呢？她问。

　　汉子横她一眼，粗声粗气地道，不知道！

　　她又问，你是她什么人？

　　她仔细端详汉子，猜测他和她是什么关系，是夫妻，却不太般配,是兄妹,模样儿又不太相像……

你管得着吗？汉子低下头,显得极不耐烦。

这样的人还做买卖儿？十个人里有九个被他气跑了！她极力压住心中的气,接着道,刚才,我在你这儿买的菜。她指了指车筐里的几样蔬菜,有韭菜,有芹菜,还有几棵大葱。

汉子斜她一眼,以为她来退菜,便说,你在我这里买菜,我咋不知道？你认错人了！快走快走,别耽误我卖菜！他挥了挥粗壮的胳膊。

刚才我买菜时,你没在这里。她微笑着说。

汉子道,我的菜摊,我不在这里谁在这里！

她见这汉子如此不讲道理,也恼了,高声说,你这人怎么了？你寻思我是找你讨账的吗？告诉你,我是来还你钱的！

原来,她在这里买菜时,那位漂亮的女摊主算错了账,多找她七十多元钱。她数也没数,装进包里。回到家,掏出钱数了数,才知道女摊主算错了。她想,做买卖儿的不容易,每天风吹日晒,挣一分钱要费好大劲,便骑着电动车回到菜市场……

汉子愣住了,张着口,半天说不出话来。李萍作势要走。汉子有些急,黑脸上显出笑意,但比哭还难看。慌忙道,大姐,实在对不起,我态度不好。刚才在这儿的那个女的,是我老婆……

李萍笑道,你老婆？谁能证明呢？

汉子抓着头皮,急得跺脚,他转着脑袋左顾右盼,找他老婆,可是,就是看不见她的影子。这个熊娘们,磨蹭啥,还不回来！

她打算故意给他点难堪,绷着脸说,刚才你说了,我这些菜不是从你这里买的！

汉子黑脸上冒出汗来,抱拳道,我在家里喝了点闷酒,脑子浑了,我给你赔不是……

这时,汉子两边的摊贩们一起帮汉子说好话,说那位漂亮的女摊主就是汉子的老婆。

李萍掏出钱来,给了汉子。汉子千恩万谢,从菜摊上顺手捧起一大堆油菜、韭菜,放进她的车筐里,她说啥也不要,又把那些菜放回菜摊上,急急忙忙地走了。但她没走多远,又被一个尖细的女人声音叫住了,回过头去,正是那位漂亮的女摊主。女摊主追上她,一把抓住她的车子,硬生生地把她拽回到自己摊位前,歉意地笑道,大姐,真是不好意思,刚才你在我这里买菜时,我看错了秤,少给你一斤芹菜。你走了后,我才想起来,便让老公替我看摊儿,我就拿着芹菜去找你,结果转了几圈没看见,却看见我多年未见面的老同学,聊了半天……她说着,把手里的芹菜塞进李萍车筐里,又从菜摊上拿了一些茄子黄瓜,装进塑料袋,挂在她车把上。然后,不顾对方拒绝,硬生生地推起她的车子,推出去好远。

临别,女摊主又道歉,说她老公脾气不好,为孩子上学的事儿发愁。原来,女摊主是乡下人,两口子进城做买卖,孩子到了上学年龄,却找不到学校。两口子急得团团转,一点办法也没有。

李萍听了,很是同情。她说,大妹子,你别着急,明天,你就领着孩子去找我。女摊主将信将疑,问道,你能帮上忙? 她自我介绍道,我叫李萍,是中心小学校长。女摊主眼圈红了,晶莹的泪珠流下来,说,大姐,我可遇上贵人了! 说着,忽听"扑通"一声响,只见黑脸汉子跪在地上……

卧铺车上

一辆长途卧铺客车，行驶在漆黑的夜色里。

我躺在这辆客车尾部的上层卧铺上，刚想迷迷糊糊睡去，这时，一位年轻女子爬上来，坐在我身边。模糊的光线中，她的眼睛正在紧紧盯着盖在我身上的棉被，大概想跟我共享这条被子。不错，我盖着的这条，应该是两个人共用的。初春的夜晚，寒气袭人，她的穿着又比较单薄，准冷。还没等我说什么，她麻利地掀开我身上的被子，把她苗条的身子钻进来，紧紧地挨着我躺下。

我像躲避瘟疫一样，把整个被子推给她。不知为什么，我觉得这个女子让人生疑，我可不想跟她合盖一条棉被！我想换个铺位，可是整个车厢上下两层都满满当当，没有空闲的铺位。她不知道我心里是怎么想的，对自己独盖那条被子很有些不忍，坚持要和我同盖。我说："我不冷，你盖吧！"她笑着说："你又不是钢筋铁骨，哪能不冷呢！"又把被子给我盖上。我再一次把被子推给她。她不笑了，低声说："告诉你，我可不是坏女人，我是清清白白的大姑娘，恋爱还没谈过！"说得好听，谁知道你是什么人？小心没坏处。出门前，父母千叮咛万嘱咐，说我这是第一次出外打工，路上要多加小心，什么女扒手呀，沾染性病的妓女呀，还有女骗子……让人防不胜防。我悄悄地摸了下衣袋，里面装着500元钱。

"噢，你觉得跟我挨一块害羞吧？出门在外，哪有那么多讲究,凑合着挤一挤算了!"她大大咧咧地说。

我还是不动。她生气了,说:"算了,不盖就不盖,我也不盖了,都冻着吧!"

客车快速前行,夜越来越深,冷风从车窗缝隙里钻进来,冷飕飕的。我大概有些感冒,冷得发抖。那姑娘坐起来,两手抱住膝盖,脸埋在膝盖上,用这种方法御寒。我看了一眼被抛在一边的被子,觉得不盖实在可惜,万一感冒了可不是闹着玩的。现在挣钱不容易,感冒了再吃药花钱,那怎么行呢!在仔细斟酌了一番利弊之后,便想跟她凑合着盖一会儿,但几次又把伸出的手缩了回来。只见她身上微微颤抖,大概已经冷得够呛。看样子,她快要坚持不住了,等一会儿,说不定她就会乖乖地自己盖上。

可是,首先撑不住了的,竟然是我自己。

"阿嚏!"我忽然打了一个喷嚏。接着,又连续打了两个。

她嗔怪地说:"看你感冒了不是?"随手拽过被子,给我盖在身上。她的手劲很重,显出丝毫不容拒绝的样子。我默默地接受了。与此同时,我匀出另一半被子给她,她也不再倔强,挨着我躺下来。

"你发烧了吧?"她忽然回过头来,关切地问我,伸手摸我的额头。"哎呀,烧得这么厉害,吃片感冒药吧!"她一惊一乍地说,从她的包里取出几片药给我,我连忙拒绝。可她很是强硬,大声说:"你不相信我? 怕我药死你? 你看好了,"她说着,把药片夺过去,送进自己嘴里,"咕咚"一下咽下去。说,"这下放心了吧?"她又拿出几片,不容分说塞进我嘴里。可是,药片在我嘴里转了转,又悄悄地吐了出来。我再怎么傻,也不会吃一个陌生人的药!我觉得身上有些燥热,头也有些痛,便裹紧了被子,睡意阵阵袭来,但我硬撑着,不敢睡,实在撑不下去了,才用手捂着装钱的衣袋,迷糊过去。

醒来的时候,天已经大亮了,被子几乎全部盖在我身上。我急忙摸兜里的钱包,谢天谢地,好好的还在。

她见我醒来,问我:"你没事吧?"她告诉我,"夜里的时候,你烧得很厉害,还一个劲儿说胡话,我怕你烧坏了,又给你吃了退烧药,还给你手心、脚心和太阳穴擦上姜……"她把擦过的姜片拿给我看。

噢!我摸摸额头,果然不再发烧,头也不痛了。我疑惑地问她:"你为什么对我这么好?"她笑了笑,说:"是你先对我好呀!"我更加惊异,暗想,我哪儿对她好了?她"扑哧"一声笑了,笑的样子真好看。"起初,你怕我冻着,把整条被子都让给我,还不想占人家姑娘的便宜,不跟我盖同一条被子,我一看就知道你是个好人!"天哪!当时,我可不是这样想的!从我们的交谈中,得知她也是出来打工的。

客车已经到站,稳稳地停住了。我收拾行李下车,她已经急急忙忙下去了,早晨的太阳照在她漂亮的脸蛋上,显得那样青春靓丽,那样美。我冲她扬起手,意思是向她告别。她微笑着,紧跑几步冲过来,伸开两手,我也伸开双手跑向她,紧紧拥抱在一起……

当个清官真难啊

铁头看墙上的钟,十一点半了,该说的早说完了,闲话也扯了不少,"老黏"还没有走的意思。铁头说:"郭站长,吃了饭再走吧?"其实,他说这话并不是真心留他,而是催他快走。今年,村里改了章程：凡是上边来人，一律不准公款招待。自己是村主任，必须带头执行。但是，他话音刚落，马上就后悔了，只见"老黏"往椅背上一仰，那样子，是要真的住下了！

铁头暗骂。没办法，他只得忍痛把一只老母鸡杀了，又让秀梅炒了两个菜。菜热腾腾地上来了。"老黏"咂着嘴，说："前天在林家村，上了满满一桌子，还上了一个大王八，哦！这么大个儿！"他用手一比画。铁头看一眼空荡荡的桌上，脸色一红，又让秀梅去村里的小卖部买来猪蹄儿，猪耳朵，还有猪肚。铁头拿出酒，"老黏"瞥一眼，见是二锅头，说："这酒度数高，咱享受不了！"铁头只得让秀梅买来泰山特曲，这是小卖部里最好的酒了。

"老黏"虽然爱喝，但却尿憋子摆在案板上——不是盛酒的家伙。刚喝了半斤就不行了。这人酒品不好，喝醉了就骂人。他一边剔牙，一边乜斜着眼骂上了："别看俺郭太年是个小站长，可是，在镇上跺跺脚，哪个村里不忽闪？老子到哪个村，哪个村就得好吃好喝好招待！还二锅头，还猪头猪肚的，嘁！打发要饭的呀！"

"老黏"刚骂了几句，铁头就听出了"醉翁之意"。如果别人在他面前骂骂咧咧耍酒疯，他早把人家一脚踹出去。但"老黏"是上级领导，只得忍气吞声。他赔着笑脸，一个劲地赔不是，说招待不周……好歹把"老黏"糊弄走，刚要转身回家，看见几个人躲在一边交头接耳，还有人站在屋顶上破口大骂，肏娘日祖宗，什么难听骂什么。

骂人的是二赖子，八成又喝多了！这小子跟"老黏"一个德行，喝上两盅"驴马尿"，不知自己姓啥。以前，每当二赖子耍酒疯，谁说也不听，可是，只要他看见铁头，就像老鼠见了猫，立刻酒醒了一大半儿。今天，二赖子不知撞上了哪路神仙，分明看见铁头，仍然不理不睬，扯着嗓门儿胡骂乱嚼："说话当放屁，刚定下的章程不算数,你在家大吃大喝,糟蹋公款,以为人家不知道……"谁都能听出来,二赖子骂的是谁! 铁头窝了一肚子火。他极力忍耐着,跟二赖子解释说,招待"郭太黏"是俺自己掏腰包。可是,他的话根本没人信,站在一边看热闹的"恨不乱"把头摇成个拨浪鼓,一个劲儿跟"瞎嘀咕"喊喊喳喳。二赖子继续骂:"放屁! 糊弄傻瓜呀? 小卖部的发票都开出来了,要报销还不是早晚的事?"

"谁开发票了? 你小子滚下来,有话说明白!"铁头简直气昏了头。

"下来就下来,谁怕谁!"

二赖子一下子蹦下墙头,"噌噌"几步蹿到铁头跟前,不由分说朝他就是一拳头,打得铁头眼冒金星,险些栽倒。铁头火了,他握起拳头,想把这个借酒装疯的小子狠狠地揍一顿。"恨不乱"和"瞎嘀咕"赶紧凑上来,挡在他面前。他攥紧的拳头又松开了。正好,秀梅远远地冲过来,拉起他胳膊往家拽。

回到家,秀梅说:"他爱放闲屁就叫他放,跟他这样的人较劲值得吗?"

秀梅说完,从兜里掏出几张条子,说:"这是招待郭站长的费用……"

铁头劈手夺过秀梅手里的条子,唰唰地撕掉,丢在屋外。

秀梅见他撕了条子,骂道:"你这个败家的,这招待费一下子就花了一二百,为村里的事,咱自家往里贴钱? 日子不过了? 好,你不过俺也不过!"边骂边抄起桌上的碗盘摔在地上,还不解气,一屁股蹲在地下,哭闹不休。

铁头焦头烂额,眼圈一热,不由流下眼泪。他叹息一声,暗道:"当个好村官真难啊!"又一想,其实,也不能怪秀梅,换了谁也是这么想。因此，他又劝秀梅，说："算了，权当孩子他舅来了还不行？"好说歹说，秀梅总算破涕为笑。

天黑了，铁头拿起那几张撕碎的条子往外走。秀梅知道他要找二赖子，怕他吃亏，急忙拦住他。铁头说："这事不能怪二赖子。他们自觉监督村里事务，是好事。我把事儿跟他说明白，他会理解，不会把我怎么样！"

铁头说罢，大步流星向门外走去……

多管"闲"事

砖头站在石头家门口，踌躇半天，才小心翼翼地推门进去。石头正坐在沙发里悠闲地抽烟，看见砖头，只是略略地歪歪身子。砖头站在他面前，嘴唇嗫嚅了一下，想说什么，但到嘴边的话又咽回去。石头大概看出他的来意，把脸拉成一个苦瓜相，对着砖头诉起苦来，什么最近花销大，手头紧……砖头搓着手，难过得眼圈一红，讪讪地离开了石头家。

瞧着砖头的背影，石头厌恶地吐了一口唾沫。他瞧不起砖头。俗话说：一娘生九子，也有貔子也有獾。虽然他们是亲兄弟，但两个人过的日子天上地下。石头脑瓜灵活，会倒腾买卖，日子过得好。砖头呢，一不会做买卖，二不懂技术，只能给人家卖苦力，挣钱少得可怜，日子捉襟见肘。作为大哥，石头并不同情他，相反，还在背后讥笑他不会过日子，是个受穷的命！兄弟俩很少交往，偶尔碰面，石头总是愁眉苦脸，对着兄弟大倒苦水，直说得砖头心软,恨不能倒回来帮哥哥一把。

门外响起脚步声,村主任铁头进来了。石头赶忙殷勤地让座、递烟。铁头一屁股坐在沙发上,头往靠背上一仰,跷起二郎腿,尽量做出一个领导的样子,问石头有啥困难,有困难照直说!铁头喜欢多管"闲"事,跟他村主任不相干的事儿,他也管。但石头自信,自己遵纪守法,不干斜的歪的,他就管不到自己头上。在铁头面前,石头不愿意装穷。听了铁头的话,石头不乐意,我,石头,能有什么困难吗?笑话!便做出一副无忧无虑的样子,美滋滋地吸一口烟,喷了个烟圈,烟圈袅袅地升上头顶,又慢慢地散了。石头神秘地眯起眼睛,问道:"你猜猜,这半年下来,我赚了多少?"

铁头故意不看他,显得不以为意,说:"你?能赚多少!"

石头被铁头的傲慢激怒了,伸出手指头,冲铁头一比画:"实话告诉你,我足足挣了这个数!"

铁头还是不相信,他乜斜了石头一眼,说:"你忽悠谁呀,你不是说如今买卖不好做,总是赔钱吗?"

石头用力地摇着头,说:"跟你撒谎有啥用!"

铁头这才把眼睛转过来,定定地看着石头:"哦,是这么回事儿,我呢,正想找人借钱,不用多,两万块就够。"

石头吃了一惊,他没想到铁头会跟他借钱。他笑道:"你还用得着借钱?你借钱做啥用?"

铁头略一沉吟,说:"你不用管做啥用,你说明白话,借不借吧?"

石头爽快地说:"虽说咱们不是亲兄弟,但比亲兄弟还亲,不借给别人,也得借给你!"

石头从箱底拿出两万元,交给铁头。铁头说:"我给你写借据。"石头连忙摇头，说："咱们谁跟谁呀，我还不相信你吗？"铁头不依，坚持要写。他从兜里掏出一张纸条，说："哦，借据已经写好了，你看看。"

石头接过纸条一看，不由愣了，只见借款人的后边写着砖头的名字。这是怎么回事儿？他用疑问的眼神看着铁头。

铁头哈哈一笑，说道："实不相瞒，这钱是我替砖头借的。他儿子坷垃大学毕业了，坷垃这孩子有志气，有眼光，他看准了一个经营项目，要自主创业，自己当老板。这是好事儿，咱们当长辈的必须大力支持！创业需要启动资金，可他家没有钱，我借给他三万。你是砖头的亲哥哥，坷垃是你亲侄子，你不能袖手旁观，不管怎么样，也要帮帮他！再说，咱们全村都在奔小康，不能落下砖头不管！"顿了顿，好像意犹未尽，接着说，"有人说我多管闲事，这样的事我就是要多管！"铁头撂下这句话，拍拍装钱的衣袋，走了。

石头心里不快，但脸上并没看出来。他起身送铁头，刚刚站起来，便觉得腿酸，一下子跌坐在沙发里。

美丽的布凉篷

孙子故园门前，是一条繁华的商业街，街两侧摆满了各种各样的商品，有日用百货、服装、布匹，还有图书、杂货、土特产品。一方方遮挡日头的布凉篷悬在半空，蓝的、红的、白的，条纹的、方格的，五颜六色，飘飘摇摇，形成一道美丽的风景。

小梅来得晚了些,摆好货摊,支起了篷,霎时便有了凉爽的感觉。她的篷是扯了两丈布新做的,今天头一次使用,白地儿红花,就像雪地里洒上了细碎的花瓣,格外漂亮。小梅欣赏着自己的篷,禁不住满脸喜悦。这时,一辆豪华旅游车,从孙子故园开出来,由东向西缓缓行驶,一张张肤色深浅不同的脸探出车窗,探询着这陌生而又美丽的异域风情。旅游车开到小梅的货摊前,一位老外一眼看见了好看的布凉篷,禁不住伸出大拇指,向小梅OKOK 地喊着,小梅不好意思地羞红了脸。这时,只听刺啦一声,汽车顶上的货架挂上了牵引凉篷的绳子,于是,那方刚刚扯起的白地红花布凉篷被撕为两半。小梅的脸霎时变得蜡黄,眼泪禁不住流下来。她用手摸着撕烂了的布凉篷,像是抚摸流血的伤口。旅游车还在若无其事地往前开,小梅旁边的李嫂和附近的人们一阵叫喊,才停了下来。

一张白得没有一丝血色的脸伸出窗口,看了看撕烂了的篷,又看看小梅,咕哝了几句,伸出毛茸茸的胳膊,做了个谁也看不懂的手势。

人们不知道他要说什么,无法用言语与他沟通,便沉默着,等待这位老外的进一步表示。

然而,这位老外把头转回车里,跟另一位老外咕哝什么,大概商议什么对策。

有人嘀咕道,美国人是不是想抵赖呀?马上有人回应道,门儿也没有!睁开眼瞧瞧,咱这可是孙子故里!李嫂给小梅出主意,悄悄说,老外有钱,叫他们赔,赔30 元,不,赔35 元,少一分也不行!小梅却一言不发,紧紧咬住嘴唇,毒毒的太阳直直地照下来,晒着她白皙的脸。

从车上下来一个中国人,大概是翻译,瘦长脸,戴着变色镜。

他看一眼那脸白得没一丝血色的老外，清了清嗓，说，各位，这些美国朋友都是来参观访问的，希望大家宽宏大量，高抬贵手，不要为了一点小事而闹僵。

翻译刚说到这里，李嫂就听不下去，大声斥责道，什么？撕了俺的篷，还说是小事？你这是替谁说话？胳膊肘子向外拐呀！有人便骂起来，骂假洋鬼子，也有骂汉奸的。翻译的脸色不好看了，他推了推眼镜，想解释什么，但人们一起吵嚷着，不让他开口。车上的美国人显然着急了，咕哝着什么，并且打着手势。翻译的气没消下去，大口大口地喘着粗气。美国人拍拍翻译的肩，翻译才冲着小梅说，尼克先生问你，这块非常漂亮的布用多少钱买的？小梅不假思索地说，花了 25 元。李嫂赶紧碰碰小梅，给她使眼色，小梅没有理她。翻译冲美国人咕哝几句，美国人掏出 50 美元，递给小梅，还向小梅点着头，表示歉意的样子。

小梅的手颤抖了，谁也不知道她嫌这些钱多还是嫌少，迟迟不去接过来。那钱在美国人手里捏着，风一吹，一晃一晃的，把人们的眼晃晕了。50 美元，买几个布凉篷啊！翻译把钱接过来，递到小梅手里，小梅好像怕钱烫手，手一松，钱又掉在地上。当她把钱捡起来，翻译已经回到车上。汽车徐徐开动了，小梅突然醒悟了似的，向汽车追去，她几步奔到车窗前，手一扬，把那 50 美元扔进车窗，又迅速地转身跑回来。汽车远去了，窗口那只毛茸茸的胳膊，频频地挥动着。

李嫂责怪小梅，说，你真是个傻姑娘，外国人赔你钱，应该！为啥不要哇？小梅说，那个翻译说得对，咱这是孙子故里，不能让外国人把咱看扁了！听了小梅的话，人们仿佛明白过来，李嫂脸一红，似乎对自己刚才的言行感到羞愧。

小梅把布凉篷重新缝好，针线细密有致，谁也看不出被撕烂的痕迹。用绳子扯在半空，飘飘摇摇，那白地儿红花，像雪地里洒上细碎的花瓣，那么漂亮，那么美丽。

美丽的唢呐声

吃了晚饭，二蛋拿一把扇子上街闲逛。他很少有时间出来闲逛，主要是白天干一天活，又累又乏，晚上早早地睡了。今天下了一天雨，没出去找活干，憋了一天，出来透透气。刚下了雨的缘故，一改往日的苦闷燥热，凉风习习，空气湿润。这是乐安城最繁华的南门大街，街两边的店铺灯火通明，路灯下，闲逛的人们熙来攘往，就像赶夜市一般。忽然，传来一阵悦耳动听的唢呐声。循声望去，只见网通公司门前的台阶上坐着两个衣着破旧的年轻人，年龄大约十六七岁，一胖一瘦，一高一矮，胖而高的双手擎一把笙，瘦而矮的捏一支唢呐，专心致志地吹着。吹笙的时而抬头，时而低头，笙也随着一起一落，声音低回沉闷。吹唢呐的低着头可着劲儿吹，很长时间也不抬一下头，然而，唢呐声高亢嘹亮。他们面前，铺着一块白布，白布的四角用小石头压着，上边用毛笔写着几行字。白布旁边，是一只塑料桶，里边有一些一元两元的或几角的钞票。人们好奇地在他们面前站下，看白布上的黑字，旋即又一个个地离开。二蛋在他们面前走过的时候，不看地上的白布。不看他也知道，他们是干什么的！他鄙夷地哼了一声：不知道哪儿来的骗子！是啊，这几年他见得多了，在路上走着的时候，不时发现路边上有跪着的或者躺着的人，地上铺一块白布或者白纸,密密麻麻地写着什么字,内容千篇一律,无非是遭遇天灾人祸,或者家有病人无钱治疗,或者考上大学无钱交学费。他这样想着,就要转身走开。但他刚走了几步,嘹亮的唢呐声又一次传入他的耳膜,使他不由得再次停下脚步。

他转过头,朝那儿看去。又站了很多人,他们有的看字,有的看笙,有的看唢呐。

居然有一个穿超短裙的姑娘往塑料桶里放钱,二蛋看清了,是一张一元的,又一个穿牛仔短裤的姑娘往里放,一个穿迷彩服的小伙子也往里放,连续有好几人往里放,有放一元两元的,也有放五元十元的。还有的起先疑惑,但仅仅是疑惑了一会儿,便从兜里掏出钱来,丢进塑料桶里。

也许不是骗子?二蛋这样想着,不再往前走,而是回到他们面前,站在人群的外围观看。一拨人走了,又一拨人围上来。围上来的人们,有的人看了白布上的字,居然感动得流泪,然后掏出钱来,放进塑料桶里。二蛋注意过,很少有人在跟前经过而不往里放钱。有的大概身上没带钱,就把手里提着的糕点什么的拿出来送给他们。一位中年妇女大概刚从超市出来,一手提一袋东西,一手拿着两包鲜奶,走到跟前,把两包鲜奶给他们,吹唢呐的赶忙伸手接过,感激地冲她点头,把鲜奶放在脚下,又捏着唢呐卖力地吹起来。

忽然,一阵风吹过,把塑料桶吹翻了,里边的钱乱乱地散了一地,有的被风吹得满地跑。人们不约而同地七手八脚把钱捡起来,一一放进竖起来的塑料桶里,二蛋的手动了一下,想帮他们捡钱,但地上的钱已在很短的时间内被人们捡去,就连自己脚下的一张毛票也被一只戴手镯的纤细的手捏住,飞快地投进塑料桶里。一个小朋友居然跑出好远追一张被风吹跑的钱,追上了,用脚踩住,把钱拿回来,丢进塑料桶。自始至终,吹笙和吹唢呐的两个人都没有抬一下头,甚至没有瞟一眼,好像被风吹走的不是他们的钱,也像是根本没发现他们的钱被风吹跑,只是可着劲儿吹着,唢呐声、笙声交相呼应,齐声合奏,一刻也没有停顿,仿佛为人们的爱心行动伴奏。

二蛋看了半天,心中的疑惑消失了。他看着塑料桶,也想放一张钱进去。手伸进兜里,兜里共有两张钱,一张五元的,一张十元的,他拿不准应该给他们一张五元的,还是给一张十元的?他把五元的捏出来,又放回兜里,把十元的捏出来,掂了掂,还是放回去。他没有稳定的工作,平常依靠打短工谋生,运气好,一天能挣四五十元,运气不好,一天一分钱挣不到。这十五元钱,是他小半天的工钱。每一分钱,都是他用血汗换来的。每花一分钱,都心痛老半天。

这时,一个衣衫褴褛的乞丐走过来,对着白布看了半天,抖抖索索掏出一把散碎的钱,放进塑料桶,头也不回地走了。

望着乞丐的背影,二蛋的眼里居然湿湿的,他自责地想:我居然不如一个乞丐!又把手伸进兜里,捏住那两张钱,不再犹豫,把那两张钱都掏出来,投进塑料桶里……

唢呐声高亢嘹亮地吹着,二蛋走出好远了,耳朵里还响着那悦耳动听的音韵……

牛　事

　　张疙瘩买了一头大黄牛,他也跟着"牛"起来。傍黑,村主任在门外喊他去联防队巡逻值夜,他居然连哼都不哼一声。其实,他不愿意去联防队值夜,也是为了这头牛。随着夜幕降临,他的心事也一重重地加重。他总也想不好,把牛拴在哪儿最保险。他紧紧攥住牛缰绳,怕丢了似的,在院子里转过来转过去。

　　他不能不担心,近来偷牛贼越来越厉害,让你防不胜防,附近村里牛羊被盗的事情屡屡发生。夜深了,眼皮铁塔似的压下来,但他硬撑着,不敢睡。他终于想出一个妥帖的办法:把牛赶在屋檐下,把缰绳拴在窗户的铁杆上。然后,又检查一遍早就关好的院门,又顶上一根结实的木杠,又仔细审视一遍,这才进了屋,合衣躺上床去。

　　还未合眼,他又爬下来,找出一个小铃铛,摇一摇,叮当乱响。他把小铃铛拴在牛缰绳上,牛一动,铃铛就响。嘿,他笑一笑,很为自己这一创意而得意。透过窗户,望一眼大黄牛,大黄牛安详地卧在地上,不停地倒嚼儿,白白的舌涎拉得长长的。

　　睡意渐渐地袭来,但他仍不敢放心地睡,打一个盹儿就警觉地睁开眼睛,看一眼拴在窗棂上的牛缰绳,缰绳好好地拴在那儿,铃铛也不时地响一下,大黄牛还卧在地上倒嚼儿。恍惚间,他梦到牛被人偷走了,他追呀追呀,就是追不上,急出了一身一脸的汗,枕头都浸湿了。他打了个激灵醒来,走出屋,看看牛,又检查了一遍外门。别家的狗在叫,街上有杂乱的脚步声,也有说话的声音,是村主任带领的联防队在巡逻。村主任不知是招呼谁家,让他把院门关好。疙瘩冷笑了一声,想:哼!把自己家看好不就得了,还巡什么逻,一群傻蛋!他觉得巡逻实在多余。看一眼天上,星星诡秘地眨着眼睛,悄悄地窥视他,一阵风儿吹来,凉凉的,他不由打了个寒战。一夜之间,他不知起了多少次床。即使躺在床上,也只不过是身在床上,心还在屋外。实在想睡一小会儿时,眼睛就和耳朵倒替着值班,耳朵睡了,眼睛睁着,眼睛迷糊了,耳朵还醒着,听那小铃铛响没响……

天快亮的时候,折腾了一夜的张疙瘩想抓紧时间睡一觉,却在梦中被叫醒了,有人喊:"疙瘩!你的大黄牛被人偷走了!"他急忙看窗棂上的牛缰绳,好好的还在,小铃铛也在那儿,便以为人家跟他开玩笑,心里很有些不满意。可是,他走出屋,不禁大惊,大黄牛果然不见了!只留下拴牛的半截缰绳,看那齐齐的断口,是用剪刀剪断的——怪不得一点声音也没有!院门大开,一串牛蹄印儿清晰地向门外延伸,在大街上消失了!

天哪!疙瘩睁着布满血丝的眼睛,绝望地低下了头。倒霉!守了一夜,到末了,还是被偷走了!他恨恨地骂着偷牛贼,把偷牛贼的祖宗八辈都骂遍了!但牛没了,骂又顶什么用呢?

这时,他听见了牛叫声,一头大黄牛晃晃悠悠地朝他走来。他揉着眼,看了又看,看出这就是他家的大黄牛,不过,现在被村主任牵在手里。

疙瘩的手颤抖着,忙去接村主任手里的牛缰绳,村主任却把牛缰绳背到身后,脸上的笑容收起来,一本正经地说:"疙瘩!你仔细看看,这是你的大黄牛吗?"疙瘩连忙说:"是啊,是啊!"村主任仍然不动声色地说:"疙瘩!昨天晚上,叫你去联防队巡逻值夜,你咋哼都不哼一声!"

疙瘩的脸涨红了,伸出去的手棍子似的僵在那里,嘴里像是含了块冰棍,说不出话来。不过,他心中疑惑,大黄牛怎么会在村主任手中牵着?

村主任告诉他:天亮前,联防队的暗哨看见一个人从你家牵着牛出来,便悄悄地跟上去,跟到野外,我们联防队一块上去,捉到一个盗牛团伙。

"这牛呢还是你的,不过,我暂时替你保管一下。你好好想一想,你的牛是怎么丢的,又是怎么找回来的?想好了,再去村委会牵牛。"村主任说罢,牵着牛走了。大黄牛走了几步,又回过头来,冲疙瘩伸了伸舌头,像是对它主人的嘲讽。

黎明前的一场雨

夜里,奶奶一觉醒来,隐隐发觉闪电从窗子里透进来,便叫了一声苦,一骨碌爬下炕,连推带喊,把全家人叫醒,手哆嗦着点起一盏灯笼,烛光在风中摇曳着,顺着梯子上了屋顶。娘,姐姐,都上去了,我最后一个爬上去,只见平展展的屋顶上,满满地晒着地瓜干儿,这是全家人一年的口粮啊!天上一颗星儿也没有,黑咕隆咚,西北方向,还有大堆的乌云滚滚而来,闪电像弯曲的长蛇时隐时现。几乎全村的人都上了屋,屋顶都是平平的,晒着同样的地瓜干儿。这里那里的灯光,星儿一样闪烁着。可是,只有三奶奶家没有动静,她家跟我家是紧邻,只有一墙之隔,屋顶挨着屋顶。

她家屋顶上,地瓜干儿满满的,闪电的照射下,泛着白花花的光。

奶奶刚刚拾了一块地瓜干儿,眼睛便向三奶奶屋上望去,欲言又止的样子,与此同时,娘把目光从三奶奶屋上抽回来,飞快地拾地瓜干儿。看得出,她们心里矛盾着。就在前天,三奶奶家和我家干了一仗,不知道为了啥事儿,反正那事似乎很要紧,很严重,不可调和的,于是,便像突然间来了一场急风暴雨,雷声火闪,吵骂之声震耳欲聋,什么不堪入耳、陈年八辈子的肮脏事儿都抖搂出来,三奶奶巴掌拍得山响,我奶奶的唾沫星子四下横飞,简直能砸得死人。骂了半晌,喉咙都嘶哑了,也没骂出个青红皂白,也没决出个谁输谁赢。更为严重的是,三爷爷居然挥起拳头,冲到我奶奶面前,要给我奶奶一个教训。幸亏人们拉着,才没打着。收场之后,双方的气儿还鼓得足足的,脸儿绷得紧紧的,见了面,谁也不理谁。奶奶和娘对天发誓,今生今世再也不理她……

一道闪电袭来,乌云来得更近了。奶奶和娘对视一下,又看看三奶奶家白花花的屋顶,那是她家整整一年的口粮啊!大雨一旦来到,就会冲得远远的,一点儿也不会留下。娘的心软了,奶奶的心软了。看在老天爷的分儿上吧!阿弥陀佛!奶奶摇摇头,娘点点头,便高声冲三奶奶家喊起来:

"老三家!"

"三婶子!"

……

三奶奶一家从梦中惊醒,也点上灯笼上了屋。慌乱中,不知谁在梯子上掉了一只鞋,砸了谁的脑袋,然后便是抱怨、咒骂。三奶奶站在屋顶上,恶狠狠地骂道:"都给我住嘴!欠挨饿的东西!一个个睡得像死猪,要不是大嫂子和侄媳妇叫醒咱,这些地瓜干儿都得泡汤!"

三爷爷小声嘟囔："别说人家,你睡觉不睡那么沉也行……"

三奶奶大骂:"你放狗臭屁! 要不是……"

这边,我奶奶赶紧给他们劝解："老三家,别吵,雨眼看要来,快点收拾吧!"娘也说:"就是,吵啥吵? 吵又不管用,耽误事儿!"

三奶奶家人手多,全家人齐上阵,而且分工明确,各司其职,有往篮子里收的,有扯着绳子往屋下递的,有在天井里接的,屋顶上白的面积眼看着缩小,几乎是转眼工夫,就把地瓜干儿收拾得干干净净,闪光照来,屋顶上没有了白的颜色。

这时,那成堆的乌云已经来到头顶上,闪电一个劲儿炸响,叽里呱啦,直震耳朵根子,耀眼的火光不时闪来闪去,雨,眼看就要来了。可是,我家的地瓜干儿才刚刚收拾了一半,还有半个屋顶泛着白花花的光。娘着急地催促说:"快! 快呀!"奶奶也催促:"快,别磨蹭!"姐姐头也不抬,也不说话,双手紧赶着忙活。我是个小孩子,干活二五眼,看见满天雷声火闪,吓得直头晕,加上天冷,身上一个劲儿打哆嗦,隐隐觉得有雨点儿落在头上,心里更慌了,手哆嗦着不听使唤。娘恶狠狠地瞪我一眼,声音比雷声还大,骂道:"你这个吃包,快点干,磨蹭啥!"

"孩子小,叫他下去吧!"这是三奶奶的声音,她从那边屋顶上过来了,蹲下便忙活起来。与此同时,三爷爷他们都来到我家屋顶上,那只灯笼也提了过来,明晃晃地闪着亮光。增加了好几个劳力,速度大大加快。

"肏他娘! 这雨说来就来,连个招呼也不打!"奶奶骂道。

"可不是,广播喇叭里还嚷嚷晴天多云,真是胡说八道!"三奶奶气愤地说。那时候,人们经常从唯一的家用电器——挂在墙上的广播喇叭里收听天气预报。

"如今,光顾挣钱,谁还管下雨不下雨!"娘笑着说。

"雷声火闪,下雨稀罕。别看天闹得凶,这雨不一定下得来!"三爷爷心存侥幸地说。

"下不来?要下来了,你给接住呀!"三奶奶对三爷爷说话,一向不客气。

奶奶,娘,三奶奶,三爷爷,一边急火火地干着,一边说话言语,屋顶上白花花的面积迅速缩小,终于在大雨到来的时候,全部收进了屋里。

雨,哗啦哗啦地下起来,一串炸耳的雷声,像是响亮的礼炮,为我们顺利爬下屋顶送行。看着屋里白花花的地瓜干儿,奶奶对娘说:"阿弥陀佛!多亏你三婶子一家帮忙啊!"娘一个劲儿地点头。墙那边,三奶奶的声音传过来:"要不是咱大嫂子和侄媳妇把咱们喊醒,这些地瓜干儿遭了雨淋,就是冲不走,也都变成黑的了,今年一家人都得饿肚子!"

墙这边和墙那边,两家人各自诉说着对方的好处,感念对方的恩德。至于前天闹的那场不愉快,仿佛早已经忘了。屋外风雨交加,雷声火闪,但在屋内,早已经雨过天晴了。

吃饭问题

家里又断顿儿了,母亲东一碗西一瓢地借着吃了好些天,再也不好意思上门求人了,便打发我去找父亲。

我在邻居家借了一辆自行车,骑上去,沿着一条坑坑洼洼的土路歪歪斜斜地骑去。父亲在三十里外一个公社当书记,赶到那

没有翅膀的飞翔

个公社驻地时，父亲正好回来，一手扶住墙，一手脱下一只鞋，摔打鞋底的泥巴。他身边还站着几个人，都是公社的干部，一块说着什么。从他们的言谈话语里听出，大概说的是口粮的事。父亲一眼看见我，可能知道了家里发生的事儿，眉头便皱得紧紧的。我叫了一声"爹"，他含糊地"哼"一声，又摔打另一只鞋，湿湿的泥巴溅出去很远。

食堂开饭了，父亲一手拿着四个黑不溜秋的小馒头，一手端了一碗菜，放到桌子上，说："吃吧！"馒头六个才一斤，又小又硬，黑黑的，菜呢，是茄子汤，没有肉，仅漂着几滴少得可怜的淡淡的油星儿。虽然如此，我还是喜欢上父亲这儿来，不图别的，就为了吃一顿这样的饭。要知道，在家里，尽吃黑漆漆的地瓜面饼子窝头，这样的饭可是过年过节的时候才能吃呢！可是，父亲不愿意我去他那儿，不是他不喜欢我，家里所有人他都不让去，因为他的口粮太少了，每月仅有三十斤，他自己吃饭也不敢放开饭量，总是把裤带勒了又勒，一顿饭仅吃两个小馒头，多吃一个就要发生亏空。正当壮年的父亲，两个小馒头怎么能饱呢？

我拿起一个馒头，只几口，还没吃出滋味，就下了肚，又拿起一个，也是几口就没了。我偷偷地瞟着剩下的两个，那本是属于父亲的一份。父亲不吃，他让我把那两个也吃了，我心里想吃，一眼看见父亲瘦削的脸，抬到半空的手又落下了。

父亲不吃饭，也不说话，只是一个劲儿抽烟，仿佛烟也能当饭吃。白色的烟雾转着圈儿上升，盘旋，像是一个个解不开的疑团儿。

父亲终究没有吃。看着他阴沉的脸，我几次张开的嘴又闭上了。又有几个人来找父亲，还是说口粮的事儿，大概这里也有很多人缺口粮呢。父亲便出去打电话，公社里只有一部电话，在办公室里。回来的时候，他身后还是尾巴似的跟着几个人。直到太阳偏西，我准备回去的时候，父亲看着我，大概想说什么，但却什么也没说，看一眼桌子上的两个馒头，拿一张报纸包一包，让我带着，说，路上饿了，就把它吃掉。我不肯拿，父亲硬把它塞给我，还拍了拍我的肩膀。我从父亲拍我的手上，感觉出了他要告诉我的一切。走出公社大院的时候，我回头望望，父亲又在抽烟，一边搔着他那花白的头发。他的脊背微微向前弯曲，垂着头，像是压着一副沉重的担子，又像是一个大大的问号。

走到半路，肚里叽里咕噜响起来，我几次把父亲给我的馒头拿出来，但仅放到嘴边嗅了嗅，又放回兜里。馒头真香啊！那新鲜的麦面气味直入肺腑，真想把它一口吃掉！可是，我想起父亲佝偻的腰和勒紧的腰带，心便隐隐地疼。

快到家的时候，天已经黑了，灰色的雾霭笼罩了村子，远远地看见门口那棵大槐树，母亲站在树下，焦急地向远处张望。不等我来到跟前，母亲就问："你爹咋说的？"

我把兜里的两个馒头拿出来，递给母亲。看着那两个小小的，黑黑的馒头，母亲一句话也没说，泪水溢出了她的眼眶。

我在山楂树下等你

晚上，我去学校玩，跟老学究东拉西扯。一盏煤油罩子灯放在桌子中央，灯火大大的，屋里很亮堂。我们聊着时，那个教幼儿园的姑娘悄悄地进来了，默默地坐在一边，时而瞟一眼老学究，时而看着我。她不多说话，听到乐处时，只是会心地微笑。

这姑娘十八九岁，圆圆的脸上印着几颗芝麻粒雀斑，翘鼻子，长得挺可爱，名字也好听，叫秀丽。我们同住一个村，除了在学校，还不时在田间地头碰面。有一次，她把写好的文章给我看，让我改一改，但说来惭愧，我没给她改过一个字。我二十五六岁了，早已到了结婚年龄，但还未找到意中人。秀丽的身影在我脸前晃来晃去，我对她心仪已久，但却不知道她心里怎么想的，担心自己配不上她。

今晚，秀丽的表现有些特殊。她刚一亮相，便引起我的注意，只见她打扮得格外俏丽，身着白色吊带衣，裸露着圆润的肩膀和胳膊，胸口开得很低，乳房显得那样饱满，下身穿超短裙，展露出一双挺拔的玉腿。我从未看到过她这样的装束，乍一见，真叫人产生拥抱她的欲念。

秀丽呀，今晚上有什么约会吧？老学究也惊讶地睁大眼睛，上上下下地打量她。

秀丽的脸一红，不好意思地笑笑，把目光投向我，久久没有移开，忽然说，我在山楂树下等了很久。

村里有三五棵山楂树，就在村外的沟边。秋天，满树都是红红的山楂果，吃一口，酸酸甜甜。那天中午，我在山楂树下路过，秀丽站在那里，羞涩地微笑着，把一张折叠整齐的稿纸递给我……

可是今天晚上，黑灯瞎火的，一个姑娘家，去山楂树下干什么？

明哥，小琴看见你没？她又问，眼睛忽闪忽闪地在我脸上扫来扫去，使我脸上热辣辣的，极不自然。

小琴是我的小侄女，今年刚上一年级。老学究经常让她捎话,叫我去学校玩,但她常常把老学究的话丢到脑后!今天傍晚,我倒是看见过小琴,她同几个小伙伴追逐着,在我面前飞跑而过。那个调皮的小妮子!

秀丽笑了,脸上莫名其妙地泛出一丝红晕,低下头去,纤长的手指捏弄着裙边儿。片刻,又抬起头来,脸一会儿红,一会儿白,神情极不自然,忸怩着,仿佛有什么话要说,却又不好开口。

在很长的一段时间里,老学究没说话,我也没吭声。还是秀丽打破沉静,喃喃地说,屋里太闷热,外面凉快,出去玩吗?说着,用手绢擦了下脸,接着,又捏着手绢的一角,在脸旁摇来摇去。果然,她脸上有汗珠溢出来,晶莹得像珍珠,掩住了点点的芝麻粒。她眼睛忽闪着,含着殷殷的期盼。她似乎是对我说的,但又极快地瞟了一眼老学究。

老学究不怕热,即使再酷热的天气,他也穿着长袖褂,长筒裤,任凭汗水从衣裤上透出来。他略略一笑,摇晃着手里的大蒲扇。我很想跟秀丽一块出去,或漫步在田间小路,或伫立于沟边的山楂树下,任草丛的露珠沾湿了鞋面,多么富有诗意!但见老学究不动,我也只好把抬起的屁股又坐了回去。

秀丽的提议或者叫作邀请,没有得到响应,这使她多少有些尴尬,但那神情在她脸上一闪而过,很快又恢复了平静。

夏天的夜晚过得快,一会儿就十点多钟了。我要回去了,老学究送到门口,就停住了脚步。秀丽说,天这么黑,路不太好走吧!说着,她的胳臂有意无意地碰了我一下,我感到她的肌肤很光滑,很细腻,很诱人,但我不好挨得她太近,忙离她远了些。我好像看见老学究一直盯着我,其实,老学究已经回到屋里去了。

明哥,我送你回去吧!秀丽轻盈地一跃,站在我面前,白色的吊带衣就像飞舞的白蝴蝶。

我对她的话感到突兀。此时，如果我轻轻嗯一声，或者什么也不说，她就会径直在我前头走下去，与我相伴回家，甚至半路上还可能发生一些浪漫故事。但是，我又犯了糊涂，因为我觉得让一个少女送我这样一个男子汉，太没面子了！我就笑着说，秀丽呀，我还是先看着你回家，我再走吧！

黑暗里，看不见秀丽什么表情，只是感到她极不自然，身子好像战栗了一下，什么话也没说，悄悄地走了，一点声音也没有。她家离学校一道之隔，我听见她很重的关门声，仿佛十分用力，冲击波几乎把我的耳膜鼓破。

第二天，我那调皮的小侄女小琴给我一张揉皱了的纸条，上面写着：明哥，今晚上，我在山楂树下等你。秀丽。

日期是昨天的。

我拿着纸条的手抖动起来。昨天晚上的情景一幕幕地浮现在眼前，她的异常话语和举动，我一下子彻悟了！我急忙去找秀丽，但已经晚了，她由母亲陪着，到镇上相亲去了！我来到山楂树下，青青的山楂果还没成熟。遥望着远方通往镇上的路，久久地伫立着……

车过安全岛

姐夫开着的白色奥迪在一处阴影里慢慢停下，前边不远处，就是"婴儿安全岛"—— 一间孤零零的小屋，里面有暗淡的灯光，好像有婴儿微弱的啼哭。秀兰抱紧怀里的孩子，一边亲吻，一边不停地叫着："贝贝！贝贝！"像是最后的告别，眼泪沾满孩子的脸。坐在身旁的姐姐，同情地看着她，眼里不免垂泪。她是一家企业高管，不管工作多忙，总是抽出时间陪秀兰给孩子看病。她怀里抱着一个包袱，里面装着孩子的衣服、玩具、奶瓶、奶粉。这些都是她在超市里买的，还有一千元红包，也是她送的。这是给孩子的最后礼物。

贝贝只有三岁多，但还不会走路，也不会说话，只会号啕大哭。今晚，她好像忽然间懂事了，居然一声没哭。这就让秀兰心里更加沉重，更加难以割舍。其实，贝贝不满一岁就会蹒跚着走路了，也会叫爸爸妈妈，转动着黑洞洞的大眼睛，瞅这个，看那个，可爱得很，聪明得很！可是，不幸的是，一年后，因为一次病变，孩子忽然变得呆傻起来，看遍许多医院，花了好多钱，也没把孩子治好。

姐夫侧过脸，冲她看一眼，似乎在催促她快一点。她低下头，故意不看他。姐夫在政府某机关担任副局长，考虑问题往往比较全面。把孩子送走的主意，最初是他提出的，他自然用心良苦。

是否丢掉这个孩子，让全家陷入苦恼之中。秀兰的男人叫大力，一个老实巴交的庄稼汉子，只知道卖力干活，前几年一次大病之后，失去说话能力，人们都叫他哑巴。家中事务，从不过问，全凭秀兰做主。公公婆婆虽然经常为家务事吵得你死我活，但在这件事上，他们都倾向于姐姐姐夫，他们的意思，是要秀兰尽快生一个健康的男孩，传宗接代，延续香火。虽然如此，但是最后做决定的，只能是秀兰一人。因此，秀兰心里最纠结。

姐姐轻轻拍拍孩子，又提了一下怀里的包袱。秀兰明白姐姐的意思，但她仍然迟疑着，不作最后决定。为了给贝贝看病，姐姐和姐夫出了大力，帮了大忙。今天，是在省会济南的大医院做最

没有翅膀的飞翔

后一次检查,专家是姐夫托人找的。检查过后,专家两手一摊,做出无可奈何的样子。

出了医院,天已经黑了。姐夫和姐姐一起劝秀兰,不要再犹豫了!为了宽解妹妹,姐姐还打开手机,把早准备好的一些孤儿院孩子的照片给她看,说,不会难为孩子的,他们都很幸福……秀兰痛苦地流泪。

不要想不开,我和你姐夫都是为了你好。姐姐说,你不能照顾孩子一辈子,最终还是要离开她。如果那样,孩子将来要怎么生活呢?

姐姐说的是实话。至于孩子以后怎么生活,她没有想过。那毕竟离现在太遥远,眼下倒是需要好好考虑的。为了给贝贝看病,不仅花光家里所有的钱,还借了姐姐十几万,姐姐虽没说让她还,但毕竟是人情债,她必须感恩。大力只会干活,农闲的时候就出去打工。他虽然不会说话,但有力气,凭他的体力养家糊口。现在,他就跟着装修队在济南干装修。不过,她今天来济南,没工夫去看他,只给他发了一条微信。

姐夫下了车,站在夜色里抽烟,烟火一明一灭。姐姐也打开车门,抱着包袱下去,站在姐夫身边。等了一会儿,秀兰还是不动。姐姐叹口气,说,秀兰,下来吧。我知道你心里不舍,但是,这是没办法的事儿。她说着,打开了秀兰这边的车门。秀兰抱着贝贝,异常艰难地向车门口挪动,她的一只脚刚落下地面,忽然,一个高大的男人疯了一般急急地奔来,脚步踩得地面咚咚作响,原来是大力。他呜呜呀呀地吼着,奔到车前,从秀兰的怀里抢过贝贝,又冲着秀兰吼一声,抱着贝贝大步流星地走了,很快消失在夜色里。

望着大力远去的身影,姐夫显得有些恼怒,问姐姐,他嚷什么？姐姐的脸色也不好看，她摇头，把疑问的目光投向秀兰。秀兰一屁股蹲在地下，大哭起来，边哭边说，他说这是我的孩子，我养，不要丢给人家。

卖甘蔗的老头

"卖甘蔗！甘甜稀脆的甘蔗！"

我正在帮卖麻辣肉串的妻子打下手，忽听对面一声吆喝，抬头一看，一辆载着一大捆甘蔗的电动三轮车停在路边。开车的是一位六十多岁的老头，操一口东北味的"普通话"，声音十分响亮。

我走过马路，同老头攀谈起来。

他是东北人。因为儿子在惠民城经商，不仅在城中央繁华地带租有商铺，还在怡水龙城买了房子，便不远千里前来投靠。儿子很孝顺，不让他出来做买卖，让他好好地歇着，可是，他每天蹲在家里闲得难受，便买了一辆电动三轮车，先是批发了一车苹果，卖完了，发现卖甘蔗利润高，卖得快，又从滨州批发来甘蔗，沿街叫卖。

"权当游山逛景，还能多少挣点钱花！"老头很健谈，话语里带着快乐。

"你们这儿太好了，冬天不太冷！"老头说。听了他的话，我很惊讶。现在是三九腊月，寒风凛冽，呼一口气就像汽车尾气一样冒白烟儿，还不冷？"我们那地方，冰天雪地，冷得很！"我看他一眼,他身上的棉衣不是太厚,不像我们本地人穿得那样臃肿。

此后,老头天天来这儿出摊,每次都来得很早,他那东北味的"普通话"远远地传出去。但是,有一天,他忽然来晚了!他仿佛看出我眼里的疑问,解释说:"昨天晚上感冒了,烧了一夜。今天儿子儿媳说啥也不让出来,非要让我在家歇着。我只好假意地答应今天不出来。等儿子儿媳出门忙去了,我才偷偷地溜出来……"

他吆喝的时候,声音有些沙哑,不如先前响亮。有时候,还伴随着咳嗽。但是今天他格外高兴,因为生意比往日好,卖得多。直到天很黑了,街上的行人稀疏起来,他才收拾回家。

转眼到了腊月二十九,明天就过年了,他还是一如既往地出摊。我问他:"年货都备齐了吗?"他说:"早备齐了,都是儿子整的。我啥都不管,只管吃!"说完他开心地笑了。没事儿的时候,他就打开手机听唱歌,他最喜欢听的歌曲是《我们的生活比蜜甜》。大年三十这天早上,他又早早地来了。街上游人如织,甘蔗卖得快,他又是称重,又是削皮,忙得不亦乐乎。时间过得飞快,转眼已经晌午了。老头的手机唱起来,他却顾不上接,一个劲儿忙碌着。等他把买甘蔗的几个姑娘打发走,才从兜里掏手机,原来是家里催他回去吃饭。此时,家家户户都在放爆竹,吃团圆饭。我和妻子忙着收摊。看一眼老头,他还不舍得走。我问:"还不走?这年不过了?"老头笑了:"这就走,这就走!"

第二天大年初一,妻子开着肉串车子上街了。不一会儿,她打来电话,说她在城北的武圣园门口了,叫我快去帮忙。赶到一看,人山人海,远远近近的人们都来这里赶庙会了!好不容易挤到妻子出摊的地方,发现卖甘蔗的老头也在这里。妻子说:"大爷早早地就来了,咱出摊的这地方还是他给占下的!"我连忙给他拜年。老头连说好好好!脸上的笑容比任何一天都灿烂。让人更加惊讶的是，昨天中午，他根本没回家，任由催他回去的手机唱了又唱，直到傍晚才回去。"卖得太好了，整整卖了这个数！"他伸出五个手指头，比画道。

今天，他的甘蔗又卖火了。好像他的甘蔗特别甜，人们纷纷挤到他这儿买。晌午的时候，老头的手机一遍一遍地唱起来，大概家里又催他回家了，但他仍然顾不上接，忙着给几个小孩削甘蔗。下午两点多，老头大概饿了，拿出从家里带来的蛋糕吃起来，吃一口蛋糕，喝一口热水，吃得特别香甜。天快黑的时候，他车上的甘蔗卖光了，但是，他还不急着回家，一边慢慢地收拾落在地上的甘蔗皮甘蔗头，一边苦笑着自言自语："今天太保守了，担心卖不了，甘蔗带少了！"

我说："过年了，早卖完早回家吧！"

他心有不甘地笑道："好！回家过年去！"

说罢，开着电动三轮车恋恋不舍地走了，边走边嘟嘟囔囔，我仔细一听，原来他还在骂自己甘蔗带少了。我摇摇头，暗自叹道："这老头！"

疯爷爷

疯爷爷三十多岁，高个儿，长方脸，扫帚眉，大眼睛，长得很英俊，穿得也干净。他原是供销社的会计，就因为得了"疯"病，不上班了，每天在村里游来荡去。

他脾气好，爱逗弄小孩们，每当在我家门前走，总是声音响亮地喊道:"大强、二强、三强!"拖着长长的尾音,半个庄子都听得见。我们哥仨一块喊他"疯爷爷",他立时瞪大眼睛,用力跺着穿着解放鞋的脚,夸张地挽着袖子,做出很凶恶的样子,大喝一声:"再喊,揍你个兔崽子!"我们吓得飞跑,边跑边回头看,他却原地站着,开心地大笑,眼睛眯起来。

疯爷爷经常给我家挑水,两只大木桶压得扁担弯弯的,清亮的水从桶里溢出来,滴滴答答洒一路,如果是冬天,滴到脚下的水就变成一粒粒晶莹的小珍珠。他走路轻飘飘的,像阵风,不费什么力气,有时候,他还挑着沉重的水桶扭秧歌,前走走,后退退,扁担剧烈地有节奏地颤动,水桶像两片树叶子随着摇来摆去桶里的水居然泼洒不出来,他嘴里还叮叮当当地伴奏着,惹得人们围着他看。扭够了,他便哈哈地笑着,几步跨进我家院子里,扁担也不卸肩,一手提一只大木桶,像捏着两只大气球,搁在水缸沿上,水哗哗地响着流进水缸里,晶莹的水花远远地溅出去。

奶奶拉着疯爷爷的胳膊,感激地说:"大兄弟,又让你受累了! 快歇歇!"疯爷爷笑笑,冲着站在门槛上的我们,高声喊:"大强、二强、三强!"喊过挑起大木桶,轻飘飘地走了。

疯爷爷不仅给我家挑水,还给瘸巴大爷挑,给寡妇婶挑,给绝户五爷爷挑,凡是家里没劳力的,他都帮挑水。我常常看见他挑着水桶来来去去,也常常看见他挑着水桶扭秧歌。

疯爷爷还经常扫大街,天不亮就起来,从村东头一直扫到村西头。人们开门一看,干干净净的地面上留着一串清晰的解放鞋印儿。有时候连鞋印儿也找不到,那是因为他倒退着扫,一把大扫帚在他手里左右飞舞,扫一下,退一步;退一步,扫一下。腾起的尘土浓雾一般把他包围起来,一条街扫完,身上、脸上全是灰灰的尘土,像是在沙土里打了个滚儿。

下雨了,瘸巴大爷一瘸一拐地往家走,路滑,他一连摔了好几个跟头。一双手把他从泥水里拉起来,又把他背上宽大的脊背。大雨淋在身上,很快便成了落汤鸡。疯爷爷一双大脚"吧唧吧唧"地甩在泥水里,飞快地走,嘴里不停地喊着:"一二一! 一二一!"

我从未见疯爷爷犯过"疯"病,在我的印象里,他总是那样善良、和蔼、热情,乐于助人,并且不图回报。然而,有人总爱在他身后指指点点,嘀嘀咕咕,说他多么不正常,眼睛虚空空的,脚步轻飘飘的,像鬼走路。

一天,供销社的马车停在疯爷爷家门口,车上撑着白布篷,套着两匹高头大马,马脖上的铃铛清脆地响着,马不时发出嘶嘶的叫声,蹄子频繁地倒腾着。有人说:"供销社请疯爷爷去上班了!"说这话时,还故意使个眼色。然而,疯爷爷死活不肯上车,他像真的疯了,大声喊叫着,一跃跨出门槛,跑出家门。几个人更加疯了似的追他,把他围在中间。一个瘦子饿虎扑食般扑上去,紧紧抱住疯爷爷的腰,疯爷爷原地转圈,把瘦子甩得像个尾巴似的飘起来。我在心里替疯爷爷使劲儿,希望他一下子把瘦子摔个倒栽葱。然而,就在这时,又有一个胖子和一个大高个冲上去,大高个一个扫堂腿扫过去,疯爷爷便一堵墙似的扑倒在地,尘土烟一样地冒起来。疯爷爷在地上翻滚,挣扎,但很快就被捆起手脚,架到马车上。马咳咳地叫着,暴躁地刨蹶子,马车剧烈地摇晃,几乎被掀翻过去。马车急急惶惶地驰去。忽然,马车上抬起一张满是灰尘的脸,霎时,又被一双大手按下去。我清楚地看见一双溢出泪花的眼睛,像两颗在清水里捞出的黑葡萄。

人们默默地给疯爷爷送行。"阿弥陀佛!"奶奶轻轻地念叨着,为疯爷爷祈祷。

"把疯爷爷送到疯人院吗?"我不解地问奶奶。

奶奶点着头。

"疯爷爷没疯,为啥把他送到疯人院?"

奶奶望着远去的马车,摇摇头,什么话也没说。

疯爷爷一走再也没回来。听说,就在去疯人院的路上,他趁人不备,从马车里跳出来,跳进了滔滔的徒骇河。

收爷爷

收爷爷年轻的时候是出名的大力士,村里年轻人比赛摔跤,没人能摔过他。兵荒马乱的年月,力气大了也不见得是好事,方方面面都看上他:土匪撺掇他入伙,国民党强拉他当兵,但是,他都找借口,死活不去,一天到晚侍弄着他的二亩三分地。

收爷爷经常去十里外的李庄镇赶集,把地里种的蔬菜瓜果挑到集上去卖。这一天,他又挑着担子赶集,只见他迈开大步,两脚生风,三五里路很快撂在身后。过申家桥的时候,忽然停住了。

桥头上,站着一队鬼子兵。

这一年,鬼子在申家桥安下据点,修起了炮楼。申家桥是徒骇河上的一座石头桥,连接着纵贯南北的惠清公路,南过黄河,北达京津,是鲁北地区重要交通动脉,申家桥是这条路上的咽喉,战略位置十分重要。炮楼就修在桥北头,驻扎着鬼子的一个小队。

鬼子拦住过往行人,呜里哇啦说一些谁也听不懂的鬼话。

原来,鬼子要跟过往的人们摔跤。很多赶集的人远远地站着,不敢靠前。一个疤脸鬼子拉住一个光头汉子,光头很害怕,面色蜡黄,浑身战抖。疤脸鬼子狼似的吼着,抱起光头往地上猛摔,光头像棉花一样瘫软在地上。疤脸鬼子轻蔑地伸出一根小指头,冲人们比画,嘴里呜里哇啦地叫着。又扯过一个黑脸汉子,又把他摔倒在地,那个黑脸汉子头磕在桥头的石头上,肿起一个大包,疼得直咧嘴。鬼子们哄笑着。一个独眼鬼子拉过一个络腮胡子,像撂一捆柴草一样把他撂倒在地,不过瘾,又摔,连续把他撂了四五个仰八叉,那络腮胡子像一摊稀泥,瘫在地上。

一个瘦小鬼子拽过一个推车子的人,这个人倒是有把力气,瘦小鬼子扳着他的腰,用力摔,但是没摔倒。瘦小鬼子恼了,用脚端他的腿,用膝盖顶他的肚子,还是没倒。瘦小鬼子咬起牙,骂着"八格牙路!"疤脸鬼子冲过来,两个鬼子一块用力,有抱腰的,有拖腿的,独眼鬼子在旁边使绊子。好汉难敌四手,何况是三个鬼子,这个人终于被摔倒,这一下摔得重,脑袋也破了,鲜血流在地上。鬼子们得意地哈哈大笑。

鬼子发现了收爷爷。

本来,收爷爷看到小鬼子的时候,就不想过桥了,他想倒回去。他又一想,挑着这些菜,不卖怕坏了。也许小鬼子摔几个就不再摔了。但是,小鬼子们越摔越上劲,没有收场的意思。看到那个推车人被摔破头,收爷爷心里的气大了。这帮鬼子太不拿咱当人了! 他撂下担子,往跟前凑了凑。

疤脸鬼子把他拉过去,先跟他比身高,他的头顶只到收爷爷的肩膀头,疤脸做了个鬼脸儿,比魔鬼还难看。独眼鬼子略高些,他紧挨着收爷爷,又是跷脚又是抬头,还是不如收爷爷高。鬼子的基因决定了他们的身高,再怎么伸脖跷脚,也只是徒增笑料而已。

　　瘦小鬼子先上，抱住收爷爷的腰，收爷爷就像对付一只癞蛤蟆，没费事就把他摔在地下。独眼鬼子上来，收爷爷晃晃膀子，独眼鬼子头朝下脚朝上来了个倒栽葱。疤脸鬼子有些蛮力，第三个冲上来，收爷爷把他抱起来，又远远地抛出去，疤脸鬼子大概被摔疼了，大叫一声，半天没爬起来。第四个鬼子上来了，照样被收爷爷摔在地下。然后是第五个鬼子、第六个……

　　小鬼子就是孬！他们跟收爷爷单打独斗不是对手，两三个对付一个也难以取胜，便十几个鬼子一起上，狼群一样吼叫着扑上来。收爷爷不怕鬼子，他像一个威风八面的大将军那样站在桥头上。鬼子们上来了，收爷爷挥拳展脚，把鬼子打得鬼哭狼嚎，人仰马翻。一个鬼子试图拖他的腿，被他一脚踢了个嘴啃泥；另一个鬼子拽住他的胳膊，他用胳膊肘顺势一捣，正捣着鬼子的脸，把鬼子捣了个乌眼青；又一个鬼子从后边抱起他的腰，他一个急转身，把鬼子抡起来，鬼子像一片破麻袋片一样随着收爷爷转，最后被远远地甩出去……

　　鬼子就是鬼子，鬼子没有人性。瘦小鬼子急红了眼，端起上了刺刀的枪，向收爷爷刺过来。

　　空气仿佛凝固了，人们都在为收爷爷担心。

　　鬼子一步步逼近，收爷爷一步步后退。就在鬼子的刺刀将要刺到他胸口的时候，他正好退在桥中间，只见他飞起一脚踢掉鬼子的枪，一个鹞子翻身，纵身跳下桥去，跳进了水流湍急的徒骇河。鬼子朝河里放枪，枪声一直传向远处……

　　收爷爷没有死，他在河里顺流泅出二里之外才冒出头来，他不敢回家，连夜投奔了在鲁北地区打游击的八路军。

队　长

李根旺当队长有些年头了。每年春天，社员们一人一票选队长，他总是以绝大多数票当选。他从不拉票，社员们热热闹闹齐聚在队委会里，写票投票。他则远远地蹲在街边大槐树下，难得清闲地闭目养神，好像选队长与他无关。投票时，社员们并不怎么考虑，都把票投给他，根本不管他在场不在场。他上任后，从不在意谁投他票，谁不投他票，对所有社员，一视同仁，没有亲疏远近。

寡妇王二嫂的儿子王互助高中毕业了，这可是村里数得着的高学历人才。李根旺先是推荐他当村里的民办教师，大队因有其他人选没同意，根旺站在大槐树下，骂了半天娘。他想，好好的人才不能白瞎，就让互助当了队里的记工员。王二嫂对根旺从心里感激，但却不知道说啥好，憋了半天，才说，根旺兄弟，选你当队长的时候，俺可没投你的票……李根旺哈哈一笑，说，让每一个社员各尽所能，是我这个队长的责任。我管你投没投票！

李大夯是李根旺的本家侄子，是李根旺的铁杆拥趸。每当选举时，大夯极力鼓噪宣扬，让大伙儿投票给根旺。虽然他费尽口舌，但人们并不买账，人们心里自有一杆秤，选谁不选谁，不由大夯说了算。虽然如此，但选举结果却让大夯满意。因此，在叔面前，大夯便以功臣自居。大夯先是想进队里的副业组，在副业组干活，风刮不着，雨淋不着，工分也挣得多。他跟叔说了，根旺说，大夯,副业组都是有技术的人,你会啥技术?大夯脸一红,但他不死心,又跟叔提要求,想当队里的饲养员。饲养员也算是"肥缺",不仅活儿轻松,还能克扣一点牲畜饲料占为己有。根旺瞅他一眼,说,你虽然会喂猪,但会喂猪的不光只你一个,队里决定实行竞选。大夯自知竞选不过别人,只得放弃。从此,他对叔满腹怨恨,说,真不知天高地厚,选你当队长,我跑前跑后,卖力拉票。到头来,还不如不选你的人!看明年谁还选你!

公正无私的人大都有"扛上"的毛病,李根旺也不例外。生产队长是最末一级,但有所不同的是,队长由社员选举产生。因此,队长虽小,但当得最有底气,不需要巴结讨好上级,不必唯命是从。

那年,上级要割"资本主义尾巴",把社员自留地收归集体。自留地是社员口粮田,是保命地,李根旺顶着不办。公社来人气势汹汹地找他,他早有准备,拿出《人民公社六十条》,叫来人看,来人哑口无言。又一年,上边严禁房前屋后种瓜种豆,别的村队都拔的拔,砍的砍,收拾得光秃干净,只有李根旺的队没动静。上边来人检查,质问李根旺为什么不执行上级指示?李根旺从容回答,这些都是集体所有,收入全部归队。为集体增加收入,有错吗?来人沉默以对。

也有扛不住的时候,那是搞水利大会战。所谓水利大会战,无非像人们调侃的那样:"今日挖,明日垫,省得社员没事干。"明摆着劳民伤财。三九寒冬,北风呼啸。大队的大喇叭可着劲儿招呼,可是,李根旺就是不去大槐树下敲钟。钟声是集合的号令,每天出工下地前,钟声就会响起来。人们听见钟响,就会一窝蜂聚集到大槐树下,听候根旺派活儿。然而今天,根旺却躺在炕上蒙头大睡。大队干部来到他家,叫他赶紧敲钟集合,带领民工上工地。李根旺躺着不动。大队干部没办法，只得报到公社，公社来人了，逼他出工，他抱着头不哼不哈。来人生气，要撤他的职。他说，我头疼，正好干不了了！

那个冬天，由于没有队长，没人组织领导，社员们都没上工地，因此逃过一劫。整整一个冬天，钟声一次也没响。

春天来了，春耕春播要开始了，时令不等人，没有队长怎么行？大队先是指定李大夯当队长，可是李大夯没有号召力，人们都不听他的，他也不会敲钟，他站在大槐树下，手抓钟绳，钟绳却不听使唤，怎么敲也敲不连贯。大队干部只好亲自敲。然而，钟声响了好多遍，就是没人往槐树下凑合。没办法，大队只得组织社员重新选队长，不用说，李根旺又当选了。新当选的李根旺站在大槐树下，一下一下有节奏地敲起钟来，钟声不疾不徐，清脆悦耳，就像打击乐一般。没有多年经验是敲不出这种声音的，只有根旺才能敲出来。人们一听，熟悉的铃声又响起了，纷纷奔出家门，齐刷刷来到大槐树下，听候根旺派活儿。此时此刻，根旺就像个指挥若定的将军，男人干啥，妇女干啥，老人干啥，赶啥牲口，用啥农具，去哪坡，上哪洼，一一分派清楚。人们嘻嘻哈哈地说笑着，闹哄哄领命而去……

清水店

刘倔头的儿子木根升任一个沿海城市的市长。消息传到清水店，全村人都兴奋得几近疯狂，他们为自己的村子出了这样一个大人物而倍感自豪,纷纷向刘倔头道喜。然而,刘倔头的脸阴沉得像黑锅底,不见笑模样。他黑夜里翻来覆去睡不着,烟卷巴丢了一地。

第二天,在县城工作的女儿木兰回来了,见了他就哭哭啼啼,很伤心的样子。原来,她工作的那家工厂倒闭了,她和爱人都下了岗。没了工作,今后可怎么办啊?刘倔头心里很不好受,但也一时没有好办法。木兰说:"你同哥哥说说,让他给我找个事儿做……"

女儿的话还没说完,刘倔头的头马上摇成一个拨浪鼓。木兰说:"你不说,我就去找他。"

"你敢!"刘倔头大喝一声,"有本事自己出去闯,不要打你哥哥的主意!不当工人就不活了吗?实在不行,你就回家来种地!"

木兰哭着走了。

一串脚步声响进院子里,三弟满仓来了。满仓是一个包工头,以前给人家盖瓦房,砌院墙,现在又给人家盖大楼,技术还是蛮有一套的。刘倔头的老伴去世早,刘倔头拉着两个孩子过日子,家里比较困难,幸亏满仓接济。木根上大学,学杂费大都是满仓掏的。满仓开门见山地说:"大哥,这回好了,木根当了市长,这工程上的事儿是少不了的,我准备找他要个项目。他不给别人,还不给他三叔我吗?"

老倔头听了,吓了一跳。他说:"你?"

"我怎么了?你说建桥还是铺路还是盖楼,咱哪样干不了?"满仓拍着胸脯说。

老倔头摇着头:"满仓,干得了你也不能干!"

"为什么?"满仓不满地问。

"就因为你是他三叔!"老倔头吼道。

"你……"满仓气得脸色蜡黄,"好啊! 你现在用不着我了,就把我给忘了,简直忘恩负义,过河拆桥! 从今后,我没你这个大哥!"说完气呼呼地走了。

门外一声咳嗽,木根的二舅孙铁匠来了。孙铁匠愁眉苦脸的样子,像是遇上了灾祸。果然,他儿子狗蛋在木根当市长的那个城市打工,因犯抢劫罪被关进了拘留所。孙铁匠想让木根出面,把狗蛋给放出来。"木根是市长,他的话谁敢不听,只要打个电话,就肯定放人。"

"胡闹! 你想让木根犯错误啊?"老倔头阴沉着脸说。

"狗蛋怎么办?"孙铁匠两眼流泪。

刘倔头跺着脚说:"怎么办? 不办! 谁叫他犯了法?"

孙铁匠骂道:"你这个老倔头,六亲不认! 跟你说不清,我去找木根! 我是他二舅,我的事他不能不管!"说罢,气得一撅一撅地走了。

听孙铁匠说要去找木根,老倔头吓出一身冷汗,想把他拦住,但孙铁匠已经走远了。他想,孙铁匠这是要木根做犯法的事,这犯法的事千万做不得! 他拿起电话,拨通了儿子的号码,说:"木根啊! 今后,家里不管谁去找你,不管你三叔还是二舅,不能办的事,千万不能办,尤其不能办犯法的事! 他们要是不愿意,你就说这是我说的,让他们回来找我!"

放下电话,他又给家里亲戚所有人下了通知:"今后谁也不准为了个人私事去找木根,尤其不能找他办违法的事! 谁去找他,我老倔头就跟他没完!"

刘倔头够绝的! 为了儿子,他什么事都做得出来!

日子一天一天地过去。刘倔头不管赶集上店,还是在坡里干活儿,总听见人们夸耀自己的儿子木根,说他清正廉洁,是一个不谋私利、一心为人民做事的好官儿。听到这里,刘倔头心里得意得只想笑……

一天,刘倔头正在地里干活,有人捎信儿说县里来人找。便撂下地里的活儿,回到家,只见门口停着几辆小轿车,几个干部模样的人红光满面地站在门口,很多小学生排成整齐的队伍,像是迎接什么大人物。这时,那几位干部来到跟前,亲热地拉着刘倔头的手,说:"我们是县里和乡里来的,专门来看望你老人家!"

刘倔头的脸一黑,道:"我活得好好的,不缺吃不愁穿,看我干啥?"一句话噎得干部们差点咽气。又过来几位记者,对着老倔头又是录像又是拍照,其中一位女记者笑盈盈地问:"老大爷,你儿子刘木根市长是一个清正廉洁的好干部,你平常是怎么教育他做一个好市长的呢?"

刘倔头伸出手指指天,又指指地,说:"俺清水店天是蓝的,水是清的,人是干净的,不干不净的官打死也不做!"说罢,扛着锄头下地去了,把那些干部和记者一个一个晾在那里。

清水店往事

傍晚,夜幕渐渐降临,父亲骑着车子急匆匆地往家赶。半路上,发现前面一位老人有些眼熟,他肩上背着一只土黄色帆布褡子,脚步踉跄,走得极其缓慢,好像走了很远的路。暮霭渐浓,看不真切,但越看越觉得他像我爷爷。他便下了车子,叫了一声爹,老人未及应声,突然一个趔趄,跌倒在地,死了! 父亲趴在地上,泪如泉涌，号啕大哭起来。

　　过路的人们围过来，劝父亲节哀。有赶了牛车的，把老人的尸体抬上车，帮父亲送回家。父亲一边擦眼泪，一边骑上车子，急急回家报信。

　　来到家门口，父亲忽然愣住了，只见爷爷坐在马扎上叼着烟袋悠闲地抽烟，烟火在黑黑的暮色里一闪一闪。他以为是幻觉，揉揉眼再仔细看，没错。他这才意识到，自己在半路上把那位倒毙的老人看错了！于是，他连口气也顾不上喘，转回头就走。正好，那辆牛车也快到村口了。父亲对赶车的人说，大哥，对不起，我认错人了。几个乡亲傻眼了，他们从没有碰上这么荒唐的事，连忙问，周乡长，这事怎么办？父亲说，不知道这位老人是哪儿的，现在是新社会，对无依无靠的人要生养死葬，不能弃之不管。我看这样吧，还是劳你们驾，在这里搭个灵棚，用什么东西去我家拿，干完活到我家吃饭。我呢，马上赶到乡里，给各村下个通知，张贴寻人启事，让老人的亲属尽快来认领。

　　父亲把车子骑得飞快，他把该做的工作都做了。可是，两天过去了，没有人来认领。父亲估计，这位老人要不没有亲人，要不，就是一个外地人。尸体不能停留太久，必须就近掩埋。可是，本地没有公墓，怎么办呢？父亲想把他埋入自己家的坟地，又怕爷爷不同意，是啊，谁愿意把一个不相识的外乡人埋进自家祖坟呢！但是，这位老人客死他乡，已经够不幸了，总不能死了连个归宿也没有吧！经过一番思考，没有别的更好的办法，只有暂时瞒着爷爷，把老人悄悄埋入自家坟地，事后再跟爷爷解释。于是，父亲自己花钱买了口棺材，把老人安葬了。送灵的时候，父亲还按照本地习俗，以孝子的身份给老人摔碗磕头，就像他的亲生儿子一样。事毕，他又自己花钱招待所有帮忙办事的人。

这几天,爷爷因为犯了腿痛病,没有出门,外面的事,他并不怎么知情。这天,父亲怯怯地站在他面前,手里拿着死了的那位老人遗留下的帆布褡子,想对爷爷说什么,但还没开口,爷爷便问道,保根,你拿这个褡子做什么?父亲小心地说,爹,这褡子是那位老人的,当时,他肩上背着这只褡子,形容举止很像您……

噢?爷爷脸上划过一丝疑问,说,我看看。

爷爷把褡子翻来覆去地仔细看,只见上面绣着"周记"二字。他的眼圈顿时红了。

你看清楚了,那人像我?

父亲点了点头。

爷爷的腿好像立刻不痛了,一下子站起来,问道,你把他葬到哪儿了?我去看看!

来到祖坟地,站在新起的坟堆前,爷爷脸色阴沉。父亲心里紧张,不知爷爷心里怎么想的。爷爷说,保根,你把他埋在这里就对了!接着,爷爷讲起了心酸的往事。原来,爷爷有一个孪生兄弟。他们哥俩年轻的时候,各自背着一只这样的褡子,轮流挑着担子,走南闯北做买卖。正是兵荒马乱的年月,有一次,他们哥俩跟着一伙逃难的人群走,被一队扫荡的日本鬼子冲散,谁也找不到谁。后来爷爷才辗转回到家乡清水店。

当时,我四处打听,没有一点音信,我以为他被鬼子打死了!爷爷的声音有些颤抖。

这么说,他是我大爷?父亲吃惊地问。

不!爷爷坚决地摇了摇头。他让父亲跪下,他自己也跪下,泣不成声:

他有一个孩子,叫根儿,出生不久,他娘就死了。我们哥俩虽说是做买卖,可那是个啥年月呀,就同讨饭的一样,居无定所,四处漂泊,路上呢,就轮流抱着根儿。那天碰上鬼子的时候,根儿正让我抱着,子弹在身旁嗖嗖地飞,我抱着根儿没命地跑……

不等爷爷说完,父亲的眼泪唰唰地流下来……

家庭例行会议

某年某月某日,晚上 8 点,家庭例行会议正式开始。参会的有爷爷、奶奶、爸爸、妈妈、叔叔、婶婶、姑姑等,我因今晚作业少,被允许参加旁听,并担任会议记录。爷爷主持会议,并首先讲话。

爷爷以前曾担任村支书多年,有思想,政治觉悟高。他说:咱们家每月开一次家庭例行会议,已经坚持了十多年。咱们家从你们老爷爷那一辈传到现在,一百多年了,一直保持文明勤俭、吃苦耐劳的优良传统,今后还要继续保持下去。还是老样子,充分发扬民主,按照批评和自我批评的精神,把存在的问题和不足指出来,该揭疤就揭疤,该剜脓就剜脓。现在,大家发言吧。

奶奶说:俺先给老头子提个意见——奶奶把爷爷称为"老头子"——你是一家之长,但你也不能独断专行,孩子们的事,不该管的就不管。就说芊芊的事吧,她大学毕业了,想自己创业做微商,你不光不支持,还一个劲儿地打击她,不让她干,说是一个大学生干那个丢人,给你脸上抹黑,让她去考公务员。要我说,三百六十行,行行出状元,干啥也行。

奶奶帮姑姑说话,姑姑却不领情,她批评奶奶:娘,你老人家也不是没缺点,你整天絮絮叨叨,陈芝麻烂谷子,把我的耳朵都磨出茧子了！俺亲娘,求求你,你能不能让俺清静一点,不再唠叨行不行？这里必须交代一下。姑姑今年26岁了,大学毕业好几年了,可是,还没考虑找对象的事儿,不光奶奶着急,全家人都很着急。可是,用妈妈的话说,皇上不急太监急有用吗？

姑姑数落奶奶,爷爷却不爱听,他返回头教训姑姑:你娘说得对,男大当婚,女大当嫁,年龄不等人。芊芊,你不要挑三拣四,不管穷富,不管有没有房子、车子,只要人好就行！姑姑翻爷爷一个白眼,小声嘀咕道:你愿意找你找去！人们都笑。爷爷又把脸冲向爸爸,说:国强啊,你过日子是把好手,会精打细算,道德品质没说的。但是,你也得多关心村里的事儿。你现在是村委成员,还不是党员。前几天镇上秦书记对我说起你,希望把你发展为预备党员,这是准备给你身上压担子,你思想上要有所准备呀！

爸爸点头。妈妈说:国强可要求进步了,村里的事儿他也没少管,不管大事小事,都往前凑合。邻里纠纷,婆媳不和,他忙着去调解。村东头二愣子不孝顺,种了他老子的地不给他老子粮食吃,国强就找二愣子,绷着脸,劈头盖脸训一顿,二愣子乖乖地把粮食给他老子送到家。国强白天忙,晚上回到家,就拿出《党章》学。爸爸受了表扬,脸上没表现出高兴的样子,却返回头批评妈妈:白露呀,别以为你表扬了我,我就不会批评你,该说的还得说。你经常把垃圾随便扔在路边,不讲公共卫生,别人可都有意见啊！妈妈的脸一红:我这是老习惯了,想改就是改不了。今后,我一定改还不行？

妈妈虚心接受批评的态度得到大家一致认可。接下来,婶婶又批评叔叔:国富开车太快,跟疯子一样,还闯红灯,这可要不得！还有,他喜欢喝酒,喝了酒还要开车,我说他多少次,他就是不听。爹,你可得好好说说他。全家人你一言我一语批评叔叔,叔叔坐不住,把矛头对准婶婶:秀妮,你不用告俺黑状,你也得注意,出去旅游,不管人家允许不允许,站在那儿就摆 POSE 自拍。你以为你是大明星呀？婶婶拍叔叔一巴掌,叔叔赶紧住了嘴。

婶婶又批评妈妈:嫂子,小胖(我的乳名)上五年级了,平常作业也不少,你不要给他报那么多辅导班了,给孩子增加那么多负担,孩子受不了。还是婶婶疼我。婶婶万岁！我几乎喊出声。姑姑举手回应道:二嫂说得对,我支持！爷爷、奶奶也支持婶婶,要求给我减负。

爷爷咳嗽一声示意大家安静,说:首先,我虚心接受大家批评,改掉独断专行的家长作风。遇到问题,多征求大家的意见。我老了,思想跟不上形势,我决定,今后的家庭例行会议,由老大国强主持,我只当其中的普通一员。

姑姑说:我也表个态,首先,我对大家对我的关心表示感谢。今后,大家不要为我的婚事操心,我不是不想找对象,主要是还没碰到意中人,虽然也有人对我有好感,但我心中有数,还得观察一下再说。姑姑的表态,给大家尤其给爷爷奶奶吃了一个定心丸,他们纷纷表示同意姑姑的意见。

叔叔和婶婶也分别对各自的不良行为做了自我批评,表示今后一定改正,绝不再犯。

爸爸说:我现在是村干部,你们都是干部家属。作为干部家属,必须做到两条,这一呢,就是随时监督我,如果我哪儿做得不对了,就要及时给我指出来。这二呢,就是你们不要搞特殊,自觉遵守村里的规定。咱丑话说在前头,如果有人搞特殊,甚至搞斜的歪的,我可是六亲不认,谁也不行！爸爸的话,赢得大家一阵热烈的掌声。

会后,姑姑拿出手机,装上自拍杆,给大家拍照。还没等姑姑说茄子,全家人都笑得合不拢嘴,婶婶不忘摆POSE,妈妈、姑姑都伸出剪刀手,我呢,把写好的《家庭例行会议纪要》郑重地捧在胸前。

执法者

这小子还真有来头!

李明珠一连接了三个电话,都是为张强说情的,他啪的一声放下电话,暗暗地骂道。

屋门推开了一道缝,一个中年男人探进了他的亮得耀眼的秃头顶,是谢主任!李明珠脸上掠过一丝疑问,猜测他的光临是否也与张强有关。

果然,老谢屁股还没坐稳,就说明自己的来意,正是为张强的事!

李局,你不知道,张强是我的外甥,我老姐姐就他一个儿子,指望他养老送终。这两天,老姐姐听说他被你们抓起来,急得像丢了魂儿,老想着寻死上吊。接着,老谢骂起他的外甥,骂得令人心软。

畜生!他在出事前一天刚刚结婚,唉!把人家姑娘害得好苦!

李明珠的脸抽搐了一下,一丝不易察觉的痛楚一闪而过。忽然,他定定地瞅着老谢,似乎刚刚认识他。

老谢摩挲着自己的秃头顶,十分为难的样子。

李明珠也觉得为难。老谢在市里一个要害部门任职，说不定什么时候就要求到他，而且……李明珠在屋子里踱来踱去，眉头紧锁，嘴巴紧紧地闭着，厚厚的嘴唇那样沉重，似乎张开一下都十分困难。

秘书在门口探了一下头，又缩了回去。李明珠马上叫住他，让他把那张《通告》拿过来。秘书拿来了，是一张《乐安县公安局通告》，李明珠把它铺开放在桌子上，说，谢主任，你别急，我先念一下，你听听。

老谢不想听。这张《通告》，他在进入乐安县城时就在大街上看到了，再说，他大老远来到这里，也不是为了听什么《通告》！李明珠拿一支铅笔，在《通告》上指点着，一字一句念起来，但直到念完，老谢也没听清到底念了些什么。

李明珠抬起头来，他看着老谢，老谢把头转向一边，眼睛躲闪着，不和他对视。李明珠问，《通告》中所说的关于张强的犯罪事实，你不怀疑吧？老谢沉默不语。李明珠的脸色突然变得阴沉，声音沙哑地说，谁会想到，这个张强，哦，他居然是一个作恶多端的黑社会分子，经常参与流氓斗殴事件，在社会上造成恶劣影响！李明珠恨恨地咬起牙，一拳擂在桌子上，震得茶杯摇晃起来。

老谢很有些惊异，他觉得，这位老朋友未免太感情用事了吧？即使张强是一个什么分子，但他毕竟是我的外甥，至于你这样大动肝火？他摇了摇头，嘴角咧了咧，大概想笑一笑，但却显出一种哭相。过了一会儿，他叹了口气，说，张强是个苦命的孩子，他从小没有爸爸，是我老姐姐一手把他拉扯大的……他说着，眼圈红了，眼泪止不住流下来。

李明珠虽然身为公安局长，但他有个弱点，最见不得别人流眼泪。看见老谢这个样子，他心里也不是滋味，眼眶不由地一热，好像有什么东西要落下来,赶紧闭起了眼睛。他心里暗暗骂道,这个老谢!把他的看家本领拿出来了!以前,听人说过,老谢善于用眼泪打动人,三年前,听说自己升为正处已经无望,便一日三次在书记面前流眼泪,书记终于动了恻隐之心。有人笑道,老谢的正处级是哭来的!今天,在乐安县公安局长面前,老谢流的眼泪不比在书记面前少,但李明珠的厚嘴唇紧紧地闭着,他用力捏住那支铅笔,铅笔微微地抖动着。

老谢把眼泪擦去,又止不住流下来。他仔细地看着李明珠,这位公安局长的脸上,没有一丝松缓的神情。他觉得,事情已经不可逆转,眼泪忽然止住不流了,斜睨着对方,声音低沉地说,局长阁下!出事的不是你外甥,与你毫无瓜葛。你可以做铁面包公。如果你的孩子犯了法,你会怎么办?这些冠冕堂皇的话,你还说得出来吗!

李明珠蹙了下眉毛,像是忽然受到了一股刺痛,他一手捂住胸口,一手捏住铅笔,铅笔咔一声断为两截。

老谢彻底绝望了,他猛然站起身,怒气冲冲地走到门口,就在他将要推门而去的时候,秘书进来了。刚才,从李局和老谢的对话中,他已经听出了什么,便微微一笑,悄声对老谢说,谢主任,如果我没有听错的话,您跟我们李局还是亲戚呢,您的外甥,就是我们李局的女婿!

噢?老谢用疑问的眼神投向李明珠,只见公安局长满眼泪花。

原来,李明珠的女儿和女婿从恋爱到结婚,都把各自的家庭情况保密,因此,双方老人都不知道他们的亲家是谁。

老谢满面羞愧,"扑通"一声坐进沙发里。

信访局长

信访局长鲍清平正在打电话，猛然看见门前伏着一片黑的白的头，他疾步走出门去，把一位老人搀扶起来，给他拍掉裤腿上的尘土。老人颤抖着，眼泪顺着皱褶往下滚。

原来，这些来上访的都是荷花村的村民。前天晚上，胡乡长在荷花村里挨了打，派出所不问青红皂白，硬说是二蛋打了他，把二蛋抓了去，还要让他出医药费和营养费……

鲍局长立马给乡里打电话，乡里回话说，胡乡长伤势严重，住进了城里医院。他急忙赶到医院，面见胡乡长。

胡乡长伤得不轻，身上青一块紫一块，头上包着厚厚的纱布，血从纱布上透出来。法医已经做出鉴定，这是被皮鞋踢伤。

胡乡，前天晚上，你独自一人去了荷花村吗？鲍局长不动声色地问。

胡乡长乜斜了鲍清平一眼，反问道，鲍局长，你来审问我吗？

鲍局长两手一摊，说，是这么回事，如果拿不出确凿证据，证明二蛋确实是打人凶手，那就先把二蛋放了！

什么？胡乡长的伤口骤然疼痛起来，汗珠从脸上往外冒。

喘息了一会儿，胡乡长粗声粗气地说，你是信访局长，你可不能滥用职权啊！

鲍局长严肃地说，这你放心，我不仅不会滥用职权，我更要为人民群众尽职尽责！因为我不愿意看见他们背井离乡到处上访！

鲍局长离开医院,驱车来到乡派出所,见到被关押的二蛋。推开门,一束阳光照在二蛋脸上。鲍局长问他几句,他只是从鼻子里往外出气,一句话不说。他看看二蛋的脚,他穿一双软底布鞋。

二蛋,你喜欢穿皮鞋吗?

二蛋的脚动了动,他的脚又肥又宽,显然,穿皮鞋并不合脚。

前天晚上,你干什么去了?

二蛋慢慢抬起头,仰望窗外。窗前树枝上,一对鸟儿追逐嬉戏。

鲍局长带着重重疑问,赶到荷花村。他听说,荷花村里出美女,因此,县里、乡里的一些干部特喜欢来荷花村里驻点。他找到村主任。村主任反映说,胡乡长经常来村里,但他一不吃请,二不受礼。

白天来还是夜里来?

夜里,夜里来夜里走,两头不见太阳。有一回,也就是胡乡长被打的头一天晚上,他去冬梅家,被二蛋撞见了,要打胡乡长,被人们拉开了!

为什么要打他?

说是胡乡要跟冬梅……具体事儿,就不清楚了。

这么说,二蛋确有打胡乡长的动机。问题的关键是,前天晚上,二蛋在什么地方,有什么证据证明他不在作案现场?鲍局长想起了冬梅,他来到冬梅家。冬梅说,胡乡长挨打的事,她不知道。因为前天晚上,她根本没在村里。

你去哪儿了?

我怕姓胡乡长再来纠缠,躲在二蛋的瓜园里。

二蛋呢,他在哪里?

他,也在瓜园里。冬梅的脸羞涩地红了。

傍黑的时候,二蛋被释放回家了。

胡乡长在病床上躺不下去了。他给信访局打电话,怒气冲冲地质问,如果二蛋不是凶手,那么凶手是谁呢?鲍局长哼了一声,说,信访局不是刑侦大队,要找出凶手,只有请他们帮忙。不过,有一个问题,你最好解释一下,前天晚上,你独自一人黑灯瞎火地摸进荷花村,到底有什么公干?

胡乡长愣了,手里的电话啪的一声掉在地下。

工作证

上午,老张头还好好地扫大街,可是回到家就得了脑溢血,送到医院就已经走到了生命的尽头。本来,他在扫大街时就觉得头痛,这时如果坐下来休息一下也许没事了,但他看到他负责清扫的路段快扫完了,干脆扫完再回家休息吧。再说,他的工作没做完,却坐在一边休息,人们看到会是什么想法呢?他可不愿意给人们一个偷懒的印象。他辛勤工作了一辈子,人们都知道他是个勤快人,从来就没偷过懒,耍过猾儿。也许是临死前的回光返照,躺在病床上的老张头,突然睁开了眼睛,嘴唇翕动着,似乎想要说什么,在他身旁的老伴听懂了:他想要一个工作证。

老张头69岁了,按说,到了这个年龄,早就应该退休了。可是,他不能退休,如果退了休,就没人给他发工资,他和老伴就没有饭吃。只要他还有一口气,身体能撑得住,他就得干,他只能活到死,干到死,没有别的办法。所幸他的身体还好,能干活,而且扫大街的工作也不算重,他能干得了。唯一让他闹心的是,辛勤工作了一辈子,却没有工作证。他多么想要一个工作证啊! 每当看见别人的工作证,他就羡慕得不得了。"去哪儿弄一个工作证呢?"老伴蹙起了眉头。这时,她想起了老张头的好友老万。正好老万也来给老张头送别,便把他拉到一边,把老张头的想法告诉他,让他帮忙搞一个工作证。老万却吃了一惊,说:"什么? 他想要工作证? 他干的那些事也叫工作?"转而又想,他虽然没有像样的工作,可他每天都在不停地工作,一个辛苦工作的人,怎么没有工作证呢? 他应当有一个工作证! 他便找人为老张头办工作证。

老万跟老张头是同龄人,与老张头不同的是,他不仅有工作证,而且不用工作,就可以领到工资。他早在五十多岁就提前退了休,每天无所事事,吃饱喝足了,就在大街一边的树荫下跟老伙伴们打麻将。他在悠闲地打麻将时,他的旁边,老张头正在挥动扫把,左一下右一下地扫大街。一边是玩着就可以拿到丰厚的退休金,一边是拼命地劳动却未必能吃饱穿暖。面对如此情景,不知老张头有没有过不公平的想法? 老万心里却反而不是滋味,他只能替老张头发出一声悲叹:人比人,气死人啊! 老万是一个有福的人,他活到这么大年龄,实在想不起曾经干过什么。他这一辈子,什么也没干,玩了一辈子。即使他没退休的时候,也没干什么,每天在办公室里喝水吸烟聊天看报纸,那也叫工作吗? 今天,他为老张头办工作证,是他有生以来的第一次"工作"。他觉得这工作相当重要,因为这是老朋友的临终托付。

既然老张头的工作是扫大街,工作单位应该是环卫处。老万找到环卫处。环卫处的领导告诉他,像老张头这样的清洁工,都是临时工,临时工怎么能发工作证呢? 老万很生气,说:"临时工? 他没日没夜地干了一辈子,比正式工的工龄都长,哪有这样的临时工? 工作了一辈子的人,就不应该有个工作证吗?"领导摊开两手,摇着头,虽表示同情,但却爱莫能助。老万又去了建筑公司,因为老张头年轻时曾在这里干建筑工。建筑公司的人却不知道有这么个人,老万让他查档案,他说,这么一个破公司,哪儿有什么档案。老万把为老张头办工作证的事说了,那人撇着嘴,显出嘲讽的神情,说:"一个搬砖搬瓦的建筑工,还办什么工作证? 你看哪个干建筑的有工作证?"把老万说得脸红脖子粗。老万打听到老张头早年在纱厂运纱锭,就去了纱厂。谁曾想,那个纱厂早已转卖,现在改为针织厂,老板是外地人。老万知道不用找他,找也是白找! 老张头还曾经在运输公司做装卸工,在食品厂看大门,在面粉厂扛面袋,但这些单位倒闭的倒闭,关门的关门,现在,连厂房都不见了。

老万马不停蹄地跑了一天,累得气喘吁吁,也没把工作证办下来。他想,老伙计还躺在病床上等着,他知道了这个消息,心里肯定不好受,该怎么向他交代呀? 总不能让他在临死前也得不到一点安慰吧? 走到老张头门口时,他摸了下自己的衣袋,忽然有了主意。

老张头的老伴看见老万回来了,急忙问:"办好了吗?"

老万点着头说:"办好了! 办好了!"

躺在病床上的老张头听了,苍白的脸上露出欣慰的笑容。老万从兜里掏出一个红皮面的小本本,上面印着三个烫金大字:工作证。老万把证放到老张头的手里,老张头轻轻地用手抚摸着,就像抚摸着一件心爱的珍宝。他想抬起手,把工作证凑到脸前,看看他期盼了一辈子的工作证,但他的手已经无力抬起来,试了几次都失败了。老伴便握住他的手，帮他抬到面前，但是，刚刚抬到半空，老张头的胳膊便一软，捏着工作证的手指也松开了，工作证落在地上。

红领巾

鹃鹃在本城的中心小学上四年级。

几乎每个星期一早晨，她都要闹得人很烦。闹钟还没响，她就拉开灯，随着那清脆的响声，灯光从她卧室的窗口照过来，紧跟着，她已经起床了，我为她搅了我的好梦而不满，冲她吼："闹钟还没响，起这么早干啥？"

"时间快到了，爸爸。"鹃鹃已经穿好衣服。

闹钟终于响起来，刺耳的铃声像弹簧似的把我从床上掀起来。冬天的早晨冷得很，液化气的开关冻住了。终于把饭做好，女儿吃完，穿上防寒服，背起沉重的书包，一头钻进灰蒙蒙的晨雾里。看看天还不大亮，我急忙躺上床去。

很多时候，这样的"回笼觉"是睡不成的，"砰砰砰！"外门惊天动地地响起来，刚刚把门拉开一道缝，鹃鹃便急不可耐地挤进来，原来，她的红领巾忘记带了！

还有的时候，是她已经走到了学校门口，才发现红领巾或别的什么没有带，又急急忙忙一溜小跑赶回家。幸而我们家离学校不太远，也就十分钟的路程，但是，她露在外面的小鼻子和小脸蛋已经冻得红红的，使人联想起冻僵了的西红柿。

"不戴红领巾不碍事吧?"鹃鹃放学后,我用商量的口气说。

"今天星期一,我们学校升旗,不戴红领巾怎么行!"女儿毫不含糊地回答,丝毫没有商量的余地。

"你穿着防寒服,红领巾戴没戴别人看不见。"

"咦? 别人看不见就可以不戴?"鹃鹃瞪着惊异的眼睛,似乎不认识我了!……

忽然,我觉得有点不对劲儿,因为我眼睛的余波分明瞟到了一片红红的东西,啊? 正是女儿的红领巾!红领巾崭新崭新的,叠得整整齐齐放在那儿。坏了,女儿又忘记戴红领巾了! 此时此刻,我仿佛看见,女儿正急匆匆地往家跑来。她的鼻孔里呼呼地喷着白气儿,眼眉上、帽子的绒毛上,凝结了白白的霜花儿。我的睡意全消了,一骨碌地爬起来,抓起红领巾,向学校奔去。

天真冷啊! 小北风像刀子一样削在脸上。到了学校门口,看见众多的学生和老师正在操场上集合。我站在一边,四下里寻找鹃鹃,就是看不见她的影子。随着一声响亮的口令,纷乱的人们排成了整齐的队列。录音机开始奏国歌,一面五星红旗徐徐往高高的旗杆上升去。学生们庄严地扬起胳膊,向红旗行少先队礼,老师们目不转睛地行注目礼。全场肃静,除了国歌的音乐,没有任何声音。太阳从东方天际露出半边,霞光把人们的脸映得通红。

不由地,我也立正站好,注视着升起的红旗。

红旗升起来了,在朝霞映照下,格外红艳。我看见鹃鹃了,她就在最前一排高举手臂的队伍里,红领巾的角儿从防寒服的纽扣边露出来。哦,我忽然想起来,鹃鹃有两条红领巾,我拿在手上的,是她另外的一条,是她被评为优秀学生而奖励给她的。看着戴着红领巾的女儿,我不由地笑了。

没有翅膀的飞翔

回马枪

　　市委书记孙大汉下了车,扫一眼黄河化工厂门口,只见大门紧闭,门口冷清,不像有来人检查的样子。他不由感叹:这"回马枪"杀对了!

　　昨天晚上,他从古城回去的时候已经很晚了。古城是黄河以北人口大县,近年来,通过招商引资进驻了多家化工企业。出于一个当家人的责任感,他对这些企业的安全问题一直放心不下,多次强调要对它们进行定期"体检"。古城县委书记何风光滔滔不绝介绍这些化工企业创造了多少 GDP 的时候,孙大汉打断他:"它们的安全问题怎么样? 安监部门进行过检查没有?"何风光的眼神突然暗淡下来,只得实话实说:"没有,因为……"孙大汉斩钉截铁地说:"不行,必须立即进行安全检查!"何风光见孙书记态度坚决,马上拍胸脯,说:"明天一早,组织安监等有关部门,对全县化工企业进行全面检查。"

　　何风光会去检查吗? 孙大汉心中没底。何风光虽然拍了胸脯,但他对那些习惯拍胸脯、拍脑门的人总持怀疑态度。安全生产大于天,没有进行安全检查的化工企业,就像一个个定时炸弹,随时都会发生危险,因此,必须把安全隐患提前排除。今天,他本来要去别的区县考察,但想到古城,他又改变了主意。

　　他走到工厂门口,问保安。保安说没人来检查,也不清楚今天要检查。黄河化工是古城县化工企业的龙头老大,如果检查,应该首先检查这里。一丝不悦的表情浮上面颊，他摇了摇头。何风光是他一手提拔、让他信任的干部。他拿出手机，拨通了何风光的电话："我是孙大汉，你在哪里？"

对方略一停顿，说："孙书记，我在黄河化工……"

孙大汉拿手机的手哆嗦一下，他强压心中的火气说："好吧，你把视频发过来。"

对方迟疑一下，说："这里大概信号不好，也许我的手机有毛病……"

孙大汉终于压抑不住心中的怒火，大喝一声："够了！给我说实话，你到底在哪里？"他骂了一句难听的话。

这回轮到何风光哆嗦了，他嗯嗯啊啊半天，也没说明白自己在什么地方，只是说："您稍等，我一会儿到……"

这个何风光，搞什么鬼名堂？

一个小时后，何风光驱车来到孙大汉面前。

孙大汉脚下，烟蒂丢了一地。

何风光像个犯错的小学生，异常窘迫地站着。

"说吧，我看你的理由够不够充分。"孙大汉冲对方抬了抬宽阔的下巴。

何风光语不成句、断断续续地说下去。

今天，他本来是要亲自带着安监局的同志来检查的，可是就在出发前，他得到一个消息：省财政厅"二老板"回杨树沟探亲。他踌躇片刻，便调转车头，向杨树沟奔驰而去……

"我想找他争取项目……"何风光解释。

"扯淡！是拍马屁去了吧？"孙大汉讥讽地道。他的眼睛像锥子一样盯着对方，越看越觉得自己看错了人。他把刚吸了几口的多半支香烟狠狠地扔掉，懊恼地想，作为市委书记，自己在识人用人方面应该检讨啊！

"本来安排安监局桑局长来检查的……"何风光不敢跟市委书记对视，眼睛转向躺在地下的多半支香烟，心底生出一丝莫名的痛惜。

"桑局长为什么没来？"孙大汉追问。

何风光打电话给县安监局长桑吾己，电话通了，却传来一片哭声，原来，桑吾己的老娘死了，他正在老家哭丧，检查一事交由副局长卜思干负责。何风光没有卜思干的联络方式，他跟县委办公室联系，要他们立刻找到卜思干。不一会，办公室回话，说卜副局长因突发脑梗住院了，安监局办公室主任小任暂时主持工作。

孙大汉把疑问的目光投向何风光。

"今早，小任给黄河化工打电话，可是，他们并不欢迎，说安全没问题，不用检查。"何风光忽然停住了。

"说，不管牵连到谁，都要一追到底！"

"他们说，这是市委孙书记亲自招商引资的项目，会有问题吗？"

孙大汉心中一沉。他想起来，黄河化工老总是他老同学，是省内闻名的企业家，当初，是他看了孙大汉的面子才来古城投资建厂的。没想到，"回马枪"居然"杀"到我孙大汉头上了！他闭上眼睛，脸色异常难看，心脏急速跳动，片刻，他镇静下来，大手有力地一挥："通知安监局，叫他们马上派人来。今天我亲自坐镇，首先检查黄河化工！"

换　酒

　　三斗叔扛着半口袋地瓜干，走了十几里路来到集市上。太阳才刚一竿子多高，换酒点门口就排了长长的队。在这个物质极度匮乏的年代，买啥都挨号，买盒火柴，打瓶煤油，都要等上老半天。他把口袋从肩上放下来，立在地上，慢慢挨吧！一股地瓜烧的香味幽幽地弥漫过来，他吸了吸鼻子，奇怪地想，地瓜干蒸窝头又黑又难吃，可把它烧成酒，就成了好东西。孩生日，娘满月，红白喜事，过年过节，都离不开它，就连求人办事，也得研（烟）究（酒）一番。俗话说：七不行，八不行，九（酒）行！孙猴子想去当兵，请大队书记喝了一瓶地瓜烧，那身气派的绿军装就穿上了！三斗叔不会喝酒，也舍不得喝，但他拿不准什么时候去求人办事，不换上三五斤预备着怎么行呀！

　　别看三五斤地瓜烧，这可得拿半口袋地瓜干去换。早晨，往口袋里装地瓜干，簸箕往口袋里倒一下，他心里也随着揪一下。他心疼这白花花的地瓜干，要是碾成面，蒸成窝头，一家人得吃上好几天。

　　挨了半晌，终于挨到他了。他把地瓜干过了磅，写了单子，把空口袋往肩上一搭，进了换酒点旁边的百货店，买了一只暖壶胆。他把暖壶胆的口对着耳朵听了听，嗡嗡响，行，不错，就要这一只了。家里的暖壶胆早坏了，一直没舍得买，今天来换酒，顺便捎上一个，而且回头还得用它来装酒，一举两得。回到换酒点窗口，他把单子递过去，又小心地把新买的暖壶胆递过去。不一会儿，盛着酒的暖壶胆便从窗口递出来，他小心地两手捧着，像捧着一个心肝宝贝，凑到鼻子上闻一闻，浓烈的酒味让他陶醉。用这盛酒？这可不保险，得小心点！旁边有人说。乌鸦嘴！三斗叔心里骂道，他的手哆嗦着，把暖壶胆装进口袋里，轻轻地背到身后，分开排队的人们，朝回家的路上走。

走了不多远，觉得身后潮乎乎的，身上也散发着一股酒味。他愣了一下，把背在身后的暖壶胆提过来，糟糕！口袋洇湿了，下边正滴答滴答地掉水珠。张开口袋一看，暖壶胆裂了一道缝。准是刚才在人堆里往外挤时，不小心给碰了！他心疼那只刚买的暖壶胆，更心疼用地瓜干换来的酒，这不是鸡飞蛋打嘛！瞅着那酒滴答滴答地往下流，他心里急得火上房似的，这可是用半口袋地瓜干换来的！那地瓜干是容易得来的吗？春天，把地瓜秧一棵一棵栽进地里，又是浇水又是锄草又是上肥，到秋后，地瓜长大了，鼓起一个个小土包，土包裂开纹，露出里面的地瓜。把地瓜刨出来，一块一块地切成片，又一块一块摆在屋顶上，翻过来晒，翻过去晒，天上来一片云彩，心里就吓得一哆嗦，生怕一场雨给冲跑了。

他伸出粗黑的大手，接在口袋底下，酒滴到他手心里，不一会儿就从手心里溢出来，滴在地下。这可不能白瞎了，这可咋办？喝吧！可他不会喝酒，喝了酒就头痛。可是，这么好的酒，不能白瞎了呀！为了这些酒，为了那些白花花的地瓜干儿，他就什么也不顾了，喝！他低下头，嘴凑到手心里，用力一吸，咕咚一下咽下去。酒精针刺一样把他的喉咙扎得生疼，咽到胃里更是异常难受，他咬着牙，大口大口地喝。酒把他的手心洗得白白的，整个手都洗白了，然而，酒越滴越多，越滴越快。他只有不停地喝，拼命地喝，力争不让一滴酒落在地上。酒精把他的嘴唇辣得麻麻的，像两片木板，他的胃里也翻江倒海，头晕晕乎乎，两条腿也不听使唤了，软软的，没有力气，就要站不住了。他实在不想喝了，但是，他想起那白花花的地瓜干，这不是酒，这是白花花的地瓜干子呀，无论如何，也要把它喝下去！有时，酒从嘴里进去，却又转了个弯儿，进了鼻腔，打算从鼻子里喷出来，便赶紧捏住鼻子，又把酒原路憋回去。后来，那酒越滴越快，用手接不赶趟了，他干脆抬起头，把口袋举到脸上，让口袋里的酒直接流进嘴里。……

没见过这样喝酒吧，不用酒杯，没人劝酒，也没有下酒菜，干喝，这样喝谁受得了！三斗叔就是这样喝。喝到最后，口袋里的酒终于喝光了。看看湿漉漉的口袋，两手一拧，浑浊的液体又流下来，他急忙用嘴接住。口袋拧干了，再也拧不出一滴酒，他才终于像完成了任务似的闭上了嘴。他简直醉成了一摊烂泥，趴在地上了，口袋还紧紧地搂在怀里。

过往的人们用鄙夷的眼神瞧着他，有的还轻轻地哼一声，骂道：

醉鬼！

老　师

老头儿已经很老了，看不出他究竟有八十岁，还是九十岁，常年穿一件黑色的四个衣袋的中山装，古铜色的长了老年斑的脸上，戴一副黑框眼镜，长时间地坐在门口晒太阳，夏天呢，就坐在浓密的树荫下纳凉,很少站起来走动,终日不发一语,混浊的眼睛偶尔转动一下,表示他还活着。太阳从东边出来,把他坐着的身影照到西边,太阳转到西边,又把他的身影照到东边,直到太阳落山,他才拄着手杖慢慢回家。

不远处,他的小孙子独自玩耍,或跑,或跳,或在草丛里捉虫,从不离开爷爷远去。

村里人从他身边经过,不跟他打招呼,也不看他,径直走过去。其实,即使打招呼也是白搭,他不会回应,因为他根本听不见。有时,他也会就地取材帮小孙子制作一些玩具:在地上挖一个圆圆的小坑,沿小坑周边排满长长的高粱秆篾儿,又埋上土,编蝈蝈罐儿。小孙子撅着屁股凑到他跟前,纯净的眼睛满含期待。春天,柳枝吐绿,柳絮飘飞,老头儿折一支柳条,脱下皮,制作柳哨,用嘴吹,吱吱响。小孙子吹起带着柳芽的哨子,满地飞跑。看着小孙子高兴的样子,老头儿混浊的眼睛里显出些许愉悦的亮光。

冬闲时节,村里人大都出来晒太阳,离老头儿几步开外,站着或坐着好多人,有男有女,有老有少。坐着的多是女人,她们的手永远不会闲着,纳鞋底,做针线,一边嘻嘻哈哈拉家常。男人们多是站着,抄着手,高声粗嗓,神吹胡侃。他们没人跟老头儿说话,也没人拿眼瞧他,好像他根本不存在。随着岁月的流逝,人们大都忘记了老头儿的过去,忘记了他曾经干过什么。老头儿呢,对人们的漠视司空见惯,也不理会,依然木雕泥塑般地,孤零零地坐在那里。日复一日,冬去春来,没有什么改变。

发生变化的是这天午后。

太阳暖暖地照着大地,南风微微吹拂,人们舒服地伸懒腰,打哈欠,有人甚至靠在墙角打起了鼾声,嘴角流出长长的涎水。

远远地过来一个骑车人，人们立时打起精神，用目光迎接他。

村里没几个人会骑自行车，自行车是个稀罕物。每当有骑车的人在村里经过，人们都会目不转睛地看着他走来，又恋恋不舍地目送他远去。骑车人来到跟前，才看清他的样子：年约七旬，满头白发，身穿半旧的灰色中山装，戴着白色手套。虽身形瘦弱，但精神矍铄，双目有神。他显然是个有身份的人物。忽然，他好像看见了熟人，翻身下车，把车子支在路边。人群里出现了小小的骚动，无论男女，都站起来，脸上热情洋溢，心里滚烫烫的，都在猜想，这人或许跟自己有关吧？没想到，来人径直走到老头儿身边，恭敬而又亲切地叫一声："老师——"

来人眼中仿佛有闪闪泪光，然后，跪在地上，给老头儿磕头，说："学生给您拜个晚年！"

人们恍然记起，今天是二月二。二月二没过，年就没算过完。因此，磕头拜年是情理中的事。但让人们震惊的是，这样一个有身份，年龄又这样大的陌生人，居然对老头儿行如此大礼。

老头儿漠然坐着，没有一点反应。

骑车人对老头儿说："老师，您还记得吗？我是您的学生……"老头儿继续沉默，仿佛陷入回忆。

骑车人骑上车子走了，走出老远，还回过头往后看。

没有人认识他，不知道他是干什么的。过了阵子，有人忽然想起来，说，这位骑车人曾经在县里的高中当校长，现在退休了……

高中的校长，是个多么有学问，多么德高望重的人啊！人们感叹起来。

然而，就是这位校长，却把老头儿奉若神明。

人们似乎想起了什么，都把目光齐刷刷地聚在老头儿身上，他们停止了说笑，妇女们手里的鞋底忘了纳，一个个愣在那里。狗也停止了走动，一边摇尾巴，一边张着黑洞洞的眼睛，专注地往这儿瞧。一时间，空气仿佛凝滞了一般。

老头儿依然平静地坐着，好像什么也没有发生过，混浊的眼睛随着小孙子跑跳的身影而慢慢转动。

"爷爷！"一个年轻人对着老头儿亲切地叫道。然后，他回过头来，对人们炫耀似的说："我爷爷活着的时候，他们两个还喝过酒……"人们记起来，他们两家大概在五服沿儿上，往上数五代，还是一家人呢！

一个年轻媳妇也对着老头儿叫起了爷爷，人们不解，她娘家在十里外的槐树庄，婆家也不跟老头儿一个姓，她家跟老头儿有什么关系吗？年轻媳妇说："我爷爷、我爹都跟他念书……"

于是，人们都跟老头儿攀起了亲戚，那些八竿子打不着边的，也想方设法攀得近一些……

太阳快落山了，西边天际，布满了红彤彤的火烧云。老头儿颤巍巍地站起身，那个年轻人紧跑两步前去扶他，年轻媳妇也极有眼色地拿起他坐的马扎，小跑着给他送到家里。老头儿在年轻人搀扶下，拄着手杖，慢慢离去。小孙子乖乖地在他身后跟着。那几个没有帮上忙的人，遗憾地搓着手，殷殷地目送着老头儿，直到老头儿走进家门，还痴痴地站在那里。有人自言自语："今天二月二，龙抬头的日子……"

牛二愣醉打"镇南关"

　　这一天,牛二愣喝多了酒,走路有些趔趄。路过物业办公室,透过明晃晃的大玻璃窗,看见物业经理"镇南关"坐在里面,便推门进去。

　　牛二愣并不经常喝酒,每当遇到烦心的事儿,才独自喝一回。要知道,他家的事儿也真够烦心。他在厂里下岗后,依靠打零工维持生活,他爱人有心脏病不能做重体力劳动,再加上孩子上学需要接送,一直没找工作,日子过得捉襟见肘。早些日子,听说在本小区干保洁比较轻松,适合爱人干,而且还有时间照顾孩子,便找到"镇南关"。"镇南关"名叫郑怀仁,虽然官不大,但在本城南关一带很吃得开,好几处居民小区的物业都归他管,人送外号"镇南关"。"镇南关"见牛二愣来求他,答应研究研究。牛二愣很高兴,晚上,给他送了些烟酒,过些日子,又送给他一千元钱。可是,半年过去了,小区里的保洁员裁去几个,又添上几个,就是没让牛二愣的爱人上。牛二愣纳闷,找了"镇南关"几回,他回回都说让等着。然而,牛二愣等不起,他隐隐觉得,"镇南关"是在骗他,他不想让爱人干保洁了,便跟"镇南关"要回送他的烟酒和一千元钱,"镇南关"不说给,也不说不给,只是推托。

　　"镇南关"早看见牛二愣了,眼皮也不撩,低着头看报纸。二愣跟他要烟酒和钱,便铁青了脸,轻蔑地瞟一眼对方,那样子好像说,笑话!送出去的东西还要回来,染坊铺里能倒出白布吗?他装糊涂说:"你啥时候送我的!"牛二愣急了,这小子真不是人,居然赖账! 他顿时气得心肝疼,加上酒劲助力,一巴掌打在"镇南关"脸上,骂道:"我叫你不长记性! 想起来没有?""镇南关"没想到,牛二愣会打他,便顺手抡起椅子,朝牛二愣打去,牛二愣飞起一脚,把他踹个趔趄。"镇南关"又从墙角抄起一截铁棍,劈头打来,二愣抬手一挡,铁棍打在胳膊上,他夺过铁棍,手脚并用,乒乒乓乓地一顿胖揍,"镇南关"眼看不是敌手,便躺在地上装死。牛二愣见他口吐白沫,以为他真的死了,吓得酒醒了大半。他掏出手机,要拨打120,让医院来救护车,还没接通,"镇南关"一骨碌爬起来,连忙制止说:"不要报警,不要报警! 我没事,没事!"他边说边跪在地下冲牛二愣作起揖来。没死呀? 牛二愣心中一块石头落了地。

"老弟呀,我想起来了,你是送给我钱和烟酒,都怪我记性不好,我不是人,我退给你。"牛二愣看着"镇南关"的样子,心中又好气又好笑,不知道他葫芦里到底卖的什么药?

"镇南关"麻利地打开抽屉,拿出一沓钱,递给二愣,并且问:"烟酒多少? 我一并算成钱给你。"牛二愣说了,"镇南关"又拿出几张百元钞票,交给二愣。

回到家,二愣很得意,没想到,大名鼎鼎的"镇南关"居然怕揍,乖乖地把钱退回来,真是一个欺软怕硬的货! 可是,他为什么不让报警呢? 牛二愣忽然想起,有贪官家中失盗也不报警,便恍然大悟了! 他掏出钱,数了数,数目不对,分明送给他一千,他却给了三千,烟酒折合成钱也多给了二百,这是怎么回事? 不行,多余的钱不能要! 我牛二愣虽然穷,但人穷志不短,再穷也不能贪! 他又返回去,要把多余的钱退回去。走到物业办公室门口,透过明晃晃的大玻璃窗往里看,里面一个人也没有,"镇南关"不知往哪里去了。

第二天,牛二愣又去找他,"镇南关"正从办公室出来,看见牛二愣,客气得不行,又是递烟又是问好,就像多日未见面的老朋友,真是不打不成交。二愣要把钱退还他,"镇南关"却否认多给,说有啥急事要办,走了。又一天,牛二愣再次找他,还是不要。牛二愣没办法,但他又不想贪便宜,怎么办? 左思右想,终于想出一个解决的办法,就是把这些钱送给纪委,并向纪委的领导诚恳检讨自己的错误:不该向"镇南关"行贿。于是,他向纪委走去。

认识老姚真倒霉

老姚病了,病得不轻。我买了一些营养品,去医院看他。

我跟老姚虽是老相识,但彼此关系并不好,我甚至有些恨他。为什么呢? 因为他给我造过谣。不过,我知道人们不会相信,我也没工夫理他。老姚具有造谣的天分,本来没有的事儿,经他嘀嘀咕咕一传播,满天下都知道了,就像真事一样。因此,人们都叫他"老谣"。按说,闲着没事干点啥不好? 为啥偏偏喜欢造谣呢? 老姚可不是这么想,他就是喜欢没事造谣玩,你拿他怎么办?

他造谣的时候,样子一本正经,一点没有开玩笑的模样,眼睁得很开,一点儿也不眨巴。他甚至赌咒发誓,声称这绝对是真的,一点不假,并且还煞有介事地说出证人证物。有好事的果真去找那个证人,但找了半天,也没有找到,因为那个所谓证人或者根本不存在,或者办了移民手续出了国再也不回来了,或者已经死了好几年了!

造完谣，他就十分享受地躲在一边，拼命眨巴小眼，悄悄地观察他的谣言产生的效果，是不是引出了什么乱子？是不是两口子闹离婚了？是不是有人因受不了谣言的冲击跳楼或者跳河自杀了？是不是……

当然，他给人家造谣通常并不是白费工夫，就像种瓜得瓜种豆得豆，他的收获也是有的：人家堵着他家的门，敞开嗓门，大声叫骂，什么难听骂什么，祖宗八代都骂遍了。半条街上的人都出来看热闹，唯独不见老姚，他躲在家里，紧紧地关上门，一声不吭。事过之后，他仍然没事儿人似的，站在大街上，眨巴着小眼儿，看看哪儿有人，便走过去，继续编造流言蜚语。

有一次，他还因此挨过打。那人是个闷葫芦，不爱说话，但有力气，凑到他跟前，不由分说，就是一顿狠揍，打得他鼻青脸肿。挨了打，他还不长记性，觍着脸把人家告上法庭，法庭居然审理了，他还赢了，人家赔给他一笔医疗费。当然，法庭同时判决他赔偿人家名誉损失费，等于各打五十大板。

随着互联网的普及，他又把阵地转移到了网上，还拉起了"朋友圈"，他给自己取了个网名，叫什么"吴氏生飞"，他给自己设置了一个古怪的头像，狡黠地眨眼睛。他把造谣的对象主要对准本地小有名气的人，诸如官员，开发商，本地电视台的漂亮女主播等。他把凭空杜撰的似是而非的小道消息，冠上一个抢眼的题目，发到网上，只是自己觉得也不靠谱，又在题目前加上"传"或"据传"字样，至于从哪里传来的，谁也不知道。好歹网上并不知道他是谁，所谓"朋友圈"里也没人认识他，不知道这个消息是真是假，便像刮风一样传来传去。他面对荧屏，一边拼命眨巴着小眯缝眼儿，一边欣赏自己的"杰作"。不过，也有在网上打假的，不用说，他又像妖精一样现了原形。

我赶到医院，只见他躺在病床上，瘦得皮包骨头，有气无力的样子，连眨眼睛也不似以前那么频繁了。他看见我，显得很激动，说，老朋友，自从我住院以来，这么久了，你是第一个来看我的人！我问他得了什么病？他摇摇头，说，医生也没查出究竟哪儿有病。问他得病的原因，他又是摇头。

当然，后来，他的病因我还是知道了，主要因为他造谣。他造谣有了相当的历史，人们都对他非常熟悉，加上他的谣言一次也没应验过，感觉到他就是一个骗子。还有，他用来造谣的"素材"已不那么新鲜，无非是茄子辣椒老一套，引不起人们的兴趣，所以，渐渐地没了市场。他不管走到哪里，人们便像躲瘟疫一般躲开他，甚至连小朋友也不喜欢他，看他走过来，便大喊一声"老谣"来了，快走喔！一窝蜂般地四散开来。网上也不能随便胡说了，只要他的头像一露面，马上引来一片骂声，"朋友圈"里也大都把他拉黑了。老姚生气，肚里揣着编好的谣言曝不出去，憋着难受，久而久之，就憋出病来。想一想，他这病来得太不应该，但这能怪谁呢？只能怪他自己，谁叫他天生喜欢造谣呢？

老姚的小眼睛忽然闪了闪，闪出了一丝丝灰白的亮光，说，跟你说个你不知道的事儿，这个医院里的医生跟女护士，夜里值班的时候……我打断他，极力忍住对他的厌恶，说，你病成这个样子，不好好静心养着，还每天琢磨这些没用的东西。他不服气，说，你想啊，一个男的，一个女的，半夜三更……我心里生气，忽然想起他以前给我造的谣，很想当面刺他几句，但看到他病入膏肓、可怜兮兮的样子，话到嘴边又咽回去。

不久，老姚死了。他死了还不安分，居然托梦给我，说，火葬场把死人都烤成麻辣肉串儿，卖给大超市了……

唉！这辈子认识老姚，算是倒了大霉！

我跟队长去赶集

那一年,我刚十六岁就下学回村。队长五伯伯对我很看重,凡是出外办事儿就叫我跟着他。这天天不亮,五伯伯把我从睡梦中叫醒,说:"文子,快起来,今天咱们去李庄集卖牛!"

李庄集离我们村十几里,我们走了一个多钟头才赶到。牛在后边慢吞吞地跟着,很是有气无力的样子。生产队总共才五头牛,牛是队里的主要生产资料,耕地、拉车全靠牛,五伯伯把它们看得比自己的命还要紧。要不是这头牛病了,请了好几个兽医也没看好,五伯伯无论如何也舍不得卖。牲口市在村外一片荒地上,稀稀拉拉聚集了十来口牲畜,多数是牛和驴,少有骡马,而且大都瘦骨嶙峋,营养不良的样子。五伯伯本想早把牛卖了早一点赶回去,但事与愿违,今天来买牛的不多,行市也不好,虽有几个来问价的,但给的价钱太低,五伯伯不舍得卖。"没有实在价!"五伯伯看一眼半空的太阳,自言自语地嘟囔道。我没吭声,焦急地看着过来过去的人们,盼着来一个买牛的赶紧把牛买走。直到傍晚的时候,一个满脸胡子的汉子过来了,他看了看牛,说:"病了!"五伯伯不吭声。"这就不值钱了!"那人说。他伸出手,五伯伯也把手伸过去,像是握手的样子,但他们并没握手,而是把手指头伸进对方的袖筒里。我知道,这是我们这里牲口交易时特有的"谈价"方式,互相不说话,只用手指表达。我不知道五伯伯和那人"商谈"的具体数目是多少,但看五伯伯和那人的脸,就知道他们的交易并不乐观,因为五伯伯的脸色相当阴沉,而那人也相当愠怒。最后,他们还是分开了。

五伯伯吐口口水说:"捡破烂哩! 这个价还想买牛!"

交易不成功,继续等着。一会儿,那个络腮胡子又转回来,五伯伯故意不理他,他拍五伯伯的肩膀,五伯伯低着头,声音低沉地说:"反正那个价儿不行!"络腮胡子又把手指头伸进五伯伯袖筒里,五伯伯的脸才勉强地笑了笑,买卖成交。那人把钱递给五伯伯,五伯伯仔细数了数,掖进腰里。那人牵着牛走了。

"文子,咱也走!"五伯伯回头瞅一眼远去的牛,脸色有一些暗淡。路过一个炸油条的小摊的时候,一股香香的气味扑鼻而来,我赶紧吸了吸鼻子,把那香味深深地吸进去,此时,肚子里叽里咕噜叫起来。五伯伯瞅我一眼,又看看炸得鲜黄鲜黄的油条,似乎看出我的心思,说:"这油条贵,太贵了,吃不得,吃不得!"五伯伯说着,使劲地眨眼睛,那样子,就像糊弄一个不懂事的小孩子。

走了没几步,路边一个卖火烧的,一个个火烧摆在一个簸箩里,那卖火烧的汉子扯着嗓门使劲吆喝:"火烧,五香火烧! 好吃不贵!"我又使劲盯着那些火烧。五伯伯拉着我的胳膊边走边说:"吃不得,多脏,唾沫星子都喷在上头了⋯⋯"

走到一个卖老豆腐大饼的摊子前,我的肚子叫得更厉害了! 五伯伯犹豫了一会儿,小心地问老豆腐大饼怎么卖? 我没听清那卖老豆腐的说的啥,五伯伯忽然像是被针扎似的叫起来:"这么贵? 这么贵? 宰人呀! 快走快走!"走出老远了,五伯伯还在解释:"这老豆腐不卫生,吃了闹肚子。有一回,我吃了一回,那是在县城吃的,哎哟,肚子疼,闹了两三天肚子⋯⋯"说着,他用手捂肚子,好像他的肚子到现在还难受。五伯伯糊弄人的本事实在太低,因此,我心里对他很有些反感,觉得他太抠门,连一顿饭都舍不得吃!五伯伯大概看出来了,摸了摸腰上,说:"文子,我本想早卖了牛早回去,没想到回去得这么晚,没带干粮,也没带零钱。这些钱是队里的,是公款,还要添钱儿买牛,无论如何不能动,一分一厘都不能动!"五伯伯说着,口气坚决,眼神沉着,不容商量的样子。听了他的话,我心里咯噔一下,像是吃了什么神丹妙药,肚子不再叽里咕噜响了,也不觉得饿了!

可是,离开李庄集不远,五伯伯自己出状况了,他的手不停地在胸口揉搓,双眉紧锁,脸色阴沉,很难受的样子。又走了一段路,他大概难受得更厉害了,脸上开始冒汗。我关切地问:"五伯伯,你怎么了?"他一屁股蹲在地下,说:"没事,歇一会儿就好了!"

我们在路上走走停停,到家的时候,已经深夜了。

五婶在门口等着,看见五伯伯的样子,很是心疼,唠唠叨叨地说:"你五伯伯这个人就是怪,自己有老胃病,肚子饿了就难受,不用说,又是饿到现在。快,快回家吃饭……"

三　叔

三叔叹了口气,他想歇一歇,哪怕歇一天也行啊!太累了!有时候,干完活儿回家,两脚软绵绵地不听使唤,眼皮也抬不起来,像是要打瞌睡,脑子里昏昏沉沉的,恨不得立刻躺下睡一觉。但是,严酷的现实不允许他歇着,他的任务还没有完成,他的工作还没有做完,他就像一头拉着重载爬到半坡的老牛,尽管体乏无力,但只能进不能退,一退就不可收拾,退回去就是万丈深渊。因此,必须咬紧牙关拼着老命一刻不停地往上爬。

三叔是个干建筑的,以前搬砖搬瓦当小工,后来拿瓦刀,用过去的说法,三叔叫瓦匠。他每天弓着腰,低着头,不停地劳作着,寒冷的风和毒辣的太阳简直把他变成了黑人。繁重的体力劳动,并没有挣到与之相应的丰厚报酬,但他却要把这仅有的报酬源源不断地打到儿子的账户上。儿子很争气,从小学念到大学,一直成绩优异。三叔以儿子为骄傲,每当他疲惫不堪、想要歇一歇的时候,一想到读大学的儿子,浑身就来了力气。大学四年下来,三叔紧蹙的眉头终于舒展开来,他以为到了松口气的时候了,但是不行! 儿子因找不到合意的工作不得不继续读研。儿子说,研究生毕业就好找工作了!

三叔想,儿子有心上进,有志气,是好事,得支持! 但是,支持就意味着花钱。古人说:兵马未动,粮草先行。读书虽然不是打仗,但必须交学费! 必须有坚强有力的后勤做保障! 三叔把劳累半生积攒的两万多元,打到儿子的账户上。从银行装有空调的大厅里出来,顶着炎炎烈日,紧跟着爬上了高高的脚手架。儿子继续学,老子就得继续干! 儿子学习不止,老子工作不息! 干吧!干! 三叔咬紧牙关,弯着腰,低着头,汗珠子从脸上身上滚下来,啪啪落在地上。

三叔隐隐觉得胸口疼痛。他知道,这是胃里的毛病。如果是在家里,吃上一根黄瓜,就会舒服些。但是工地上没有黄瓜,即使有,也不能站在脚手架上吃,如果那样,包工头会把你骂个贼死!难受了,就好歹忍过去。三婶多次劝他去医院查一查,但三叔不想耽误工作,也不想花钱。三婶劝得紧了,他就说,请不了假,到下雨的时候再说吧。下雨天工地上没法干活,不休也得休。可是，每到下雨天，三叔就躺在床上蒙头大睡，好像多少天没有好好睡过，三婶怎么叫他都不起来。

　　三年好不容易熬下来，研究生毕业的儿子在一个大城市工作了。按说，三叔应该歇着了，还有，得把胃疼的毛病治一治，他的胃病越来越厉害了。三叔也早就盼着这一天，他跟伙伴们说："等儿子研究生毕业，这累死人的瓦匠，咱就不干了！"但是这一天真的到来的时候，儿子来了电话，说是要买房子，没有房子就结不成婚。是啊！老子可以不休息，不看病，儿子不能不结婚，不结婚怎么成？他和老伴还等着抱孙子呢！可是，一套房子几十万，虽然可以贷款，以后从儿子的工资中逐月扣除，但十几万首付款必须交上。三叔赶紧东借西讨，帮儿子交上首付款。从银行有暖气的温暖的大厅里出来，瑟缩着身子钻进寒冷的北风里。

　　气温虽然降到零下七八度，但建筑工地仍然一片繁忙。三叔扶着冰冷的钢筋，爬上了高高的脚手架。胃又疼起来，他用沾满泥浆的手按住胃部，使劲揉一揉，再揉一揉，看见包工头使劲瞪他，赶紧拿起瓦刀。

　　第二年，儿子在电话里跟三叔说："爹，我想买辆车。"儿子说，如今人们上下班，都开着私家车，像我这样每天坐公交车，太土气。

　　三叔问："一辆车多少钱？"

　　儿子说："不多，也就十多万！"

　　三叔犹豫了一会儿，最后咬了咬牙，声音低沉地说："那就买吧！"

　　这一天，三叔本想去医院查一查，因为他的胃实在不好受，火辣辣地疼！但是，接到儿子的电话，立刻打消了去医院的念头，向建筑工地奔去。为了儿子，他豁出去了！几个月后，三叔终于撑不住了，两脚肿得穿不进袜子，吃饭也越来越少，脸上瘦得皮包骨头。歇一歇的念头再次在他心里浮现出来。但是，他思前想后，还是摇了摇头。不行，不能歇，说啥也不能歇！还得干，只要还有一口气，就要干！生命不息，工作不止！他拖着沉重的双脚，顶着寒冷的北风，又去了建筑工地。

这一去，三叔再也没有回来。他往脚手架上吃力地爬，爬到一多半的时候，突然两脚一软，眼前一晕，从脚手架上摔下来……

儿子是学法律的。他说，父亲死了不能白死，必须讨个说法。于是，他把建筑商告上了法庭。建筑商跟三叔的儿子达成庭外和解，一次性赔偿抚恤金三十万元。儿子用这笔钱还上了买房欠下的贷款。

一辆崭新的轿车停在三婶的门口，儿子回来了。他要把娘接到城里住。但是三婶哪里也不去，她说："我走了，谁来陪你爹？"想起劳累一生没享过一天福的爹，儿子不由掉了泪。

闪闪的磷光

村里闹"狐仙"有些年头了，说不定谁家的鸡鸭好好的就没了。石头养了一只狗，居然也不知去向。人们都知道啥东西在作怪，但都缄口不言，害怕祸从口出。过年过节时，人们烧香化纸，祈求平安。

石头不信邪，他挥着石头蛋一样的拳头，说："不就是几只'皮狐子'吗？看我哪一天非收拾它们不可！"

石头娘吓坏了,一边骂一边挥舞笤帚疙瘩,把儿子搡出家门。然后,跪到地上烧起一炷香,眯着红眼睛,嘟嘟囔囔祷告起来。

　　果然,第二天,石头成了全村的英雄。他约了几个同样不信"狐仙"的伙伴,堵了"皮狐子"的老窝,除一只"皮狐子"受伤逃跑外,其余五六只全被打死,直挺挺地躺在生产队的场院里,像一只只死绵羊。石头眉飞色舞地讲着打"皮狐子"的经过,他的身旁,几个漂亮姑娘的眼睛瞪得大大的,像刚认识他似的瞧着他……

　　村里安静了,石头也找上了媳妇,石头娘乐滋滋地给儿子张罗婚事。然而不久,石头却遭遇了天大不幸。不知为什么,他吃饭不香,睡觉不甜,渐渐地消瘦下来,浑身软弱无力,两眼无神,脸色黄得吓人,就跟纸扎人似的,风一吹,就要倒。人们都叫他"候补死尸"。去医院里检查,医生却看不出啥毛病。有人说,这是伤害"狐仙"的报应啊!于是,在"狐仙"遇难的地方,不时有人烧香烧纸。还有人把平常舍不得吃的包子馍馍摆在那里供养。谣言也纷纷传来:有人看见了那只受伤逃跑的"皮狐子",走路一瘸一拐;还有人说,它变成了一个白胡子老头儿,拄着拐杖,颤颤巍巍地走在大洼里。石头娘的眼睛更加红肿起来,常常在地上一跪就是半天。

　　石头困惑了,他想,难道真的遭了"报应"吗?黑夜里,他翻来覆去睡不着,躺在炕上难受,半夜里就爬起来,去外边溜达。刚开始,他连走出家门的力气也没有,好容易磨蹭到门口,便坐在门槛上喘粗气。走到村外,不知费了多大劲儿。

　　他在沟边坐下来,夜幕像一床硕大的棉被把大地捂得黑咕隆咚,村里的狗不时地叫一两声,更显出夜的宁静。忽然,前边不远处有一星光点,像"鬼火"一样若明若暗,若隐若现。他好奇,就向那"鬼火"慢慢靠近,但是,那"鬼火"很奇怪,你向它靠近,它就往后退,你停下来,它也停下来。他觉得好玩,很想再向它靠过去,但想到离村远了,虚弱的身体也不允许他再往前走,便不再向前。"鬼火"不断地晃动,似乎在引诱他,不久,那"鬼火"也消失了。第二天,他又一步三歇地挪出村外,又看见了那若隐若现的"鬼火",那"鬼火"不断晃动着,总跟他保持一定距离⋯⋯

此后的日子里,他几乎每天都要来到村外,甚至刮风,下雨,下雪,他也来,目的就是看那晃动的"鬼火"。如果一天不来,心里总像少了什么。"鬼火"在眼前晃动,他也随着做一些有节奏的动作,伸拳,踢腿,晃屁股,摇脑袋,像是跳舞。而"鬼火"成了他的"舞伴"。有月亮的夜里,他想借助明亮的月光看清对方是个啥东西,但是,月光下,它就不会出现,或者离得远远的,还是看不上它。

忽然有一天,他觉得饭量有一点点增加,看见别人吃东西,自己也不免舔舔嘴唇。晚上睡觉,也不觉得煎熬,躺下不久就能慢慢睡去。脸上也不那么黄了,两颊居然有了一点点红晕。

石头仍然一如既往地去村边溜达,仍然同那奇怪的"鬼火"一起"跳舞"。也许是日子久了,也许是那东西判断对方不想伤害它,懈怠起来,直到傍明天,还没有离去,果然是一只"皮狐子",准确地说,是在他和他的伙伴们的棍棒之下受伤逃走的那只。"皮狐子"冲他做鬼脸,做出挑逗的动作,歪着头观察对方的反应,然后,便一瘸一拐地遁去。

"这个畜牲!"石头暗暗骂道。然而,他心里却愧疚起来,他想起以前那血腥的一幕⋯⋯

一晃就过去了五六年。石头身上出现了奇迹,这个"候补死尸"终于从死亡的边缘爬了过来,恢复了先前的健壮,拳头握起来,像两块石头蛋。但石头娘仍然天天跪在地上祷告。她每天跪着的坚硬的地面上,磨出了两个圆圆的深深的窝儿。

石头把娘拉起来,心里一阵酸楚,眼里的泪珠扑扑地往下滚。他说:"娘,我听你的话,今后再也不打'皮狐子'了!"

娘笑了,笑得格外开心。

身份证

在街上蹬三轮的老杨头接到通知,要他去公安分局更换身份证。

他来到公安分局户籍科,这里早已人满为患,前来办理身份证的摩肩接踵,拥挤不堪。他试着往里挤了挤,挤不动,只得站在门口,干着急。他想看看里面究竟啥情况,但由于他个头较矮,即使踮起脚尖,伸长脖子,也看不见。这得等到啥时候?他着急地想。有人拿着身份证或者户口本在人们中间挤来挤去,他也从兜里掏出身份证,但不知往哪儿送。前边有个胖女人向一边靠了靠,她身边出现一个空隙,老杨头马上挤过去,但他脚跟还未站稳,那胖女人又退回来,两人正好撞在一起,他立脚不稳,打了个趔趄,幸亏后边有人挤着他,不然定会跌倒。胖女人回过头来,恶狠狠地瞪他一眼:"干什么?性骚扰啊?"老杨头不知道"性骚扰"是啥意思,正想给人家赔礼道歉,那胖女人还不依不饶,大声说:"你要流氓也不看看自己多大岁数!"把老杨头骂了个狗血喷头。老杨头面红耳赤,想要反驳却一时找不到词儿。人们都用鄙夷的眼神看他,还有人叽叽喳喳地小声议论。他心里有气,但也无从发作,只得退到一边。

那胖女人却乘势一阵猛挤,挤到柜台一端的门口,推门进去。里面的警察拦住她,她笑着自我介绍道:"我是小阎的姑妈,我跟你们马科长是好朋友……"警察便不再阻拦,赔着笑脸接过她手里的户口本,优先给她办理。不一会儿,胖女人便哼着歌儿出了柜台,去另一间屋子照相了。

老杨头费了九牛二虎之力,终于挤到了柜台边,他伸出胳膊,把身份证举到柜台里,等待警察接过去,但警察们都忙着,迟迟不去理他。

又有几个人在柜台那边的小门挤进去,跟警察们说笑了一回,警察给他们办理手续。老杨头等了好半天了,还是没人搭理他,他伸进柜台里的胳膊有些酸痛,他沉不住气了,对里边的警察说:"同志,办身份证!"但他说了好几遍,里边的警察大概没听见,没人吱声,他只好加大声音,又喊一遍。警察终于听见了,却冲他摆着手说:"等一会儿,等一会儿!"

老杨头看见,又有好些有头有脸的人,进了柜台边的小门,不一会儿就有说有笑地出来了。他想,进去办得快!于是,他也学着人家的样子,挤到柜台那边的小门,但他的脚还没迈进门去,警察的一只手就把他用力地一推,又把他推回到外边,并且把小门用力地关上。他对那警察说:"同志,我等了半天了,我要办身份证!"那警察虎着脸说:"在外面等着,不要进来!"声音直冲进老杨头的耳朵,把他吓得一哆嗦,半天没回过神儿来。

又有几个人从他身边挤过去,走进小门,自称说:"我是实验学校的。"警察没有阻拦。还有几个人自称是电力公司的,还有自称是什么老总,都先后挤过老杨头身边,挤进门去,顺利办妥。

他们进去的时候大模大样,出来的时候得意扬扬,让老杨头好不羡慕。他想,自己要是一个什么单位的就好了,可他是平民百姓一个,亲戚朋友中也没有做官的,身份地位显然够不上,只有暗自生气的分。正在他眼巴巴看着那些有身份、有地位的人们在他身边挤来挤去,心中懊恼非常的时候,一个妖艳的年轻女子,不知什么时候也挤进了柜台,她举止轻佻,言语挑逗,看样子就知道不是一个正经货,果然,只听身边的人们议论说,她是个"卖肉的"。老杨头顿时气得头都疼了,他想,我老杨头活了大半辈子,居然不如人家……唉!但生气归生气,他也没办法。更让他恼怒的是,他的街坊——那个因偷盗坐了三年大狱的二混子,居然也通过关系进了柜台里边,他办完手续,在老杨头身边经过的时候,一眼看见了老杨头,就满面笑容地跟他打招呼。老杨头本不想理他,因为他一向看不起这个二混子,觉得跟他这样的人说话丢人!可二混子见了老杨头,总是首先打招呼。只听他说道:"大爷,您亲自来了!杨县长来了吗?"

　　他说的"杨县长",大名杨宪章,是老杨头的儿子,在建筑队打工混饭吃。可二混子总是戏称他"杨县长"。谁曾想,他这随口一说不要紧,老杨头就像马上变了一个人,忙碌着的警察们一个个抬起头,转过脸,朝向老杨头,接着,一个警察就笑嘻嘻地走过来,把老杨头请进柜台里,让他坐在椅子上,还给他倒上一杯开水,大爷长大爷短地叫着他,另一个警察接过他手里拿了半天的那个需要更换的身份证,马上给他办理手续。办完了,又领着他去旁边的照相室,拨开几个等着照相的人,优先给他照了相。完了,警察把他送到门口,亲切地握着他的手,歉意地说:"大爷,让您老等了老半天,实在抱歉。给杨县长问好!"老杨头虽然办上了身份证,但他的气并没有消下去。他说:"去!你拍马屁拍错地方了！我儿子叫杨宪章，是个干建筑卖苦力的，不是什么杨县长！"说完，把警察孤零零地抛在那里，气鼓鼓地走了。

诺贝尔文学奖

　　早晨，太阳刚刚出来，晨雾还没散去，牛老三就早早地摆好了水果摊儿，看一眼街上来来往往的行人，跟熟识的人打着招呼。旁边的报刊亭也开门了，他在窗口拿一本杂志，坐在自己摊儿后边，专心看起来。每天，他都在这儿蹭书看。

　　一辆白色轿车在路边停下，走下一个当官模样的人，那人响亮地叫一声牛老三。牛老三以为来了买水果的，抬起头，见是胡一侃，便坐着不动，也没吭声，淡漠地瞅一眼旁边空着的马扎。胡一侃不坐，不远不近地站着。胡一侃是某局的副局长，跟牛老三认识有些年头了，他经常在牛老三这儿路过的时候，停下车，跟牛老三聊上一阵子。以前，胡一侃没当副局长的时候，牛老三还有很多的话跟他聊，可自从他升了官，心里就莫名其妙地有了距离，要不是那点共同爱好，简直没啥可说的。

　　"诺贝尔文学奖开始评选了！"胡一侃兴冲冲地说。牛老三把脸转向路上的行人，看有没有人来照顾他的生意，并没有一点兴奋的样子。

　　"你报作品了吗?"胡一侃问道。牛老三收回目光，看自己的水果摊儿。前些日子，上面给他寄来一个函件，让他填表，他踌躇了好几天，才把填好的表，连同一本发表他作品的文学杂志寄出去。他之所以犹豫，是因为他虽然发表了不少作品，但毕竟自己是一个穷摆水果摊儿的，在那些文人眼里，根本算不上啥。评奖？有可能吗！再说，他们还要发表作品的杂志原件，在他看来，这杂志是非常珍贵的，发一篇作品，杂志社最多给两本，有时候只给一本。给了他们，自己就没了。幸好发自己作品的这份杂志，旁边的报刊亭也有，多买了 10 本。

"不行，光填表不行，这怎么可能得奖呢？"胡一侃脸上现出讥讽的神情。

牛老三疑惑地看着他。胡一侃说："你不知道，这里边黑着呢！说不定有多少人在活动。有些混账评委，只看人，不看作品，作品好没用。下星期，我准备去一趟，找几个评委。你知道评委是谁吗？"牛老三摇头。"我早打听清楚了。"胡一侃脸上不无得意。"在得月楼摆上一桌，有荤有素，把他们都请来，肯定拿下！"他挥一下手，一副志在必得的样子。牛老三一咧嘴，好像心里不舒服。他后悔参加评奖了。有人来买水果，他赶紧招呼客人。胡一侃临走问牛老三下星期去不去？牛老三摇头。胡一侃说："你不认识他们，去也白去！"牛老三苦笑，俺根本没想去，既没有那个闲钱，也没那份闲工夫。

牛老三一如既往地天天在大街上练摊儿，至于评奖的事儿，早忘到了脑后。过了一星期，胡一侃又来了。照样是未见其人，先闻其声。他下了车，喊一声牛老三。牛老三抬起头，又把头低下去。

"这一回基本搞定了，就是弄不到一等奖，二等奖应该没问题！"胡一侃满脸兴奋。牛老三这才想起诺贝尔文学奖的事。"你真的去了？"他问。"就在前天晚上，得月楼！"胡一侃说。

"评委都到齐了？"

"评委都是名声很大的作家、教授、专家，他们都很忙，有的出发去外地,有的生病,有的年纪大了,行动不便,所以,凑到一起不容易。我只请到一位,我把我的作品直接交给他,他答应帮忙。那几个没请到的,也跟他们打了招呼。我一些政界的朋友,跟这些评委都有这样那样的关系⋯⋯"胡一侃滔滔不绝,似乎在显示他的能力。

牛老三看一眼明媚的天空,却感觉到一阵莫名的黑暗。

牛老三虽然写了很多作品,但他毕竟是一个摆摊儿卖水果的,一天不卖,就没饭吃。他也时常收到一些稿费,但太少,不够熬夜耗电的钱。写作,只是他的一个爱好,并不贪图挣钱,就像有人喜欢打麻将,有人喜欢遛鸟。他觉得,如果一天或几天不写点东西,就像丢失了什么。至于获奖,有呢,是额外之喜,没有呢,也正常。

几个月后,胡一侃又来了。他不似以往的兴奋,脸上显出一丝焦虑。"这锅真难揭啊!"他感叹一声。牛老三依然平静地坐着。他知道,胡一侃还挂牵评奖的事儿。"也难怪,很多人都想得到,竞争肯定激烈!"胡一侃皱着眉说。牛老三不说话,从包里拿出一个大信封,小心地取出信纸,展开,让胡一侃看。胡一侃凑过来,只见信纸上写道:

牛老三先生:您的作品《××××》荣获诺贝尔文学奖一等奖。请于×月×日来得月楼酒店参加颁奖会议。

下面落款是:诺贝尔市作家协会。还有一个圆圆的大红印章。

胡一侃的手颤抖起来,脸色也变得黄了。他把信纸丢给牛老三,上上下下打量他,嘿嘿一笑:"牛老三,看不出,你有这么大能耐!真是隐身高手哇!佩服,佩服!"说罢,几步跨上车,绝尘而去。

母亲的呼唤

　　长贵拿过手机,仔细端量,这部手机在他出事那年就停机不用了,他之所以带在身边,是用来看时间。现在是晚上七点,晚饭时间早过了,但他不想吃饭,他的腹部胀闷难受,而且疼痛。他把手机壳打开,把新买的手机卡装上去,号码还是原来的。他已走到生命的尽头,无论发生什么都无所谓了。手机忽然响了,他吓了一跳,十三年了,是谁还想着这个号码给他打电话? 他犹豫着,接还是不接?

　　十三年前,他只身逃离家乡,来到这偏远的人地生疏的异域他乡,隐姓埋名,每天随着日出日落来往在建筑工地和简陋的出租屋之间,每一顿饭,都是凭借辛苦劳动换来的。当时,人们都说他携巨款潜逃,其实,他早已经债务缠身,他自嘲地称为"千万负翁"。

　　手机还在响,看来电显示,只有一串号码,谁呢? 由于多年不打电话,手机使用起来难免生疏,他的手哆嗦着,按下了接听键。他听了电话那头的声音,不由愣住了,原来是十三年没见面的老娘! 哦,今年,娘已经八十七岁了。娘! 他叫一声娘,声音不免哽咽。

　　贵儿,回来吧! 娘的嗓音拉得长长的,像是在很远的地方飘过来。

　　小时候,他经常被吓着,躺在床上昏睡。娘说他被吓丢了魂儿。夜里,娘坐在炕沿上,脱下一只鞋,轻轻地拍打着炕沿,冲着门外叫他的乳名,给他收魂儿。说来也怪,娘这样叫上几次,他就从昏睡中醒过来。

十三年来，他像老鼠躲猫一样躲在外地，每天魂不守舍的样子，以致干活的时候不时出错，遭到工头叱骂。他想，他的魂儿是不是真的丢了？那叫着贵儿的声音又响在耳边，娘仿佛颤颤巍巍地站在面前。他不由得低下头，他没有脸见娘。娘曾经对他寄予很大希望，说他有出息。娘说得也没错，刚开始的时候，他白手起家，艰苦创业，年纪轻轻，就创下了一个属于自己的公司。事业过早成功，也许不是一个好事情。后来，他变得过于自信，把一切都看得容易，即使一个陷阱，他也要把它化为馅饼。最后，终于掉进陷阱里。

没有翅膀的飞翔

贵儿，自从你出事后，我每天给你打电话，一天至少打三遍，整整打了十三年。老天有眼，终于打通了。娘笑起来，笑得很开心。然而，长贵心里一抖，娘为了找回她的儿子，居然如此坚持，一天也不放弃，一直坚持到今天。可是，我呢，一次也没有给娘打过电话！他心里愧疚、自责、难受，就像打翻了五味瓶。娘接着说，我不相信，你永远不接我的电话，你不会忘了娘。因为总打不通你的电话，也接不到你的电话，我以为电话机坏了，又换了一部新的电话机。没出事前，他给娘装了一部无线电话，娘有事时打电话找他，他也经常给娘打电话问平安。娘记不住他的手机号码，他把手机号码写在纸上，贴在电话机旁。

贵儿，娘想你呀！娘哭起来。长贵按着腹部，眼泪也禁不住地落下来。他也想娘，想回去看娘。以前，娘的身体不太好，血压高，还有腰腿疼的毛病，他经常带着娘去医院买药，也买膏药给娘贴。十三年未见，不知娘现在怎么样了，娘的身体还硬朗吗？生活还能自理吗？娘老了，她的身边需要儿子尽孝，可是……

我身体好着呢，腰不疼了，腿不疼了，血压不高了，啥病也没有。我每天去绳网厂给人家择线,从早晨择到黑夜,一天能挣八十块。下雨下雪的时候,就把活儿领回家。长贵想起来,在离家三里远的镇上,开了许多家绳网厂,附近很多妇女都去那儿打工,甚至还有老太太的活儿:择线头儿,系绳扣儿。他在家的时候,娘就想去绳网厂找活儿干,因为他不同意,娘才作罢。

我把挣的钱陆陆续续地给你还债。每当我把钱给人家送去,人家看我这么大年纪,说啥也不要,还把门关上,不让进,我就把钱塞进他家门缝里。娘还有本事,还能干活,娘不能欠人家的,能还多少算多少。

长贵心里一阵痛楚。自己欠下了债,一走了之,没想到却要老娘来还。他攥紧拳头,真想狠狠地揍自己一顿。

村里老少爷们好,他们至今还记得你。说你是好人,都盼你回来。

长贵心里惭愧,我算什么好人! 我还是人吗? 他抬起头,眼睛投向窗外,依稀看见,娘站在家门口的暮霭里,等她的儿子回家。顿时,那失去的魂儿好像重新回到身上,腹部的疼痛也减轻了不少。他想要回家。可是,他又犹豫了,自己身患肝癌,时日无多,娘看到他的样子,怎么会接受得了呢? 他禁不住泪如雨下……

树墩作证

空旷的原野上,围了很多人。

庭长正在这里现场审案。

原告杨怀宗和被告柳占先，为一棵柳树发生争执。二十年前，那棵大柳树就长在这里。在二十年后连一根树枝也找不到的今天，审判此案，真是疑难重重。

庭长扫了一眼地形，这里是一片洼地，雨季积水，二十年来，不知淤积了多厚的土层。

庭长收回目光，问原告和被告，你们谁还记得，这棵树是哪年栽、哪年伐的吗？杨、柳两个人都说，树是 1977 年伐的。至于哪年所栽，说法就不一样了，杨怀宗说 1956 年，柳占先说 1959 年，各说各的理。

庭长下令：刨树墩！

可是，由于年月已久，树墩并不好找，坑刨下去很深了，还没有一点影子。柳占先乜斜着眼，笑着说，恐怕早已糟烂了吧！杨怀宗的脸上布上一层阴影。

庭长执意要刨出树墩，这是本案的唯一证据。他查过资料，鲜柳木埋在地下，二十几年不会糟烂。他弯下腰，仔细地看着坑，抓起一把土，用手捏了捏，说，继续刨！两个壮汉继续刨，并且扩大了范围。

二十年前，大队书记柳占先把柳树锯倒，据为己有。而声称对柳树拥有主权的杨怀宗，因是地主出身，不敢阻止。地主帽子摘掉后，杨怀宗多次上访，要求归还柳树，但法院以难以取证为由，不予受理。今年，庭长刚刚上任，接受的第一桩案件，就是这起压了二十多年的疑难案件。他问杨怀宗，这棵树是锯倒的还是刨倒的？杨怀宗说是锯倒的。庭长又问，树墩是否还埋在地里？杨怀宗说，肯定还埋在地里。庭长又问了些什么，比如树是哪年栽的，栽的什么树木苗，等等。

树墩刨出来了，截面已腐朽，除少许乱根外，一根粗长的大橛根格外显眼。庭长小心地挖去上面的泥土，像看一件出土文物一样看着它。他叫人把腐朽面锯平，露出崭新的木质，一层层年轮清晰地盘绕着。庭长拿出一把大头针，仔细地扎在一层层年轮上。

人们围过来，一遍遍数着，共有21道年轮。显然，柳树是1956年所栽。杨怀宗蹙紧的眉毛舒展开来。

然而，柳占先忽然捶了下自己的脑袋，他骂着说，看我老糊涂了！我想起来了，不错，是1956年栽的，栽这棵树时，我正好18岁！

庭长严词盘诘，以期从柳占先的辩解中找出漏洞，然而，柳占先一口咬定，是他之前记错了！

案情复杂了！

杨怀宗气得说不出话，人们屏住了呼吸，空气仿佛凝固了！

庭长不动声色地盯着树墩，仿佛这树墩上有不解之谜。片刻，他微微一笑，问道，当时，栽这棵树时，用的什么树苗，你们还记得吗？他发给他们每人一张纸，让他们将各自所栽的树苗写下来。杨怀宗毫不犹豫地写下来，柳占先想了想，也写下来。庭长把两张纸都收下，看了看，杨怀宗写的是鲜柳棍，柳占先写的是柳蓉树苗。庭长又问他们都想好没有？都说想好了。庭长先问柳占先，你栽的什么树苗？柳占先说，我栽的是柳蓉树苗，春天，柳蓉满天飞，落到哪里，哪里就会钻出一棵小柳树。庭长问，不再更改了吧？他说不再更改。庭长又问杨怀宗，杨怀宗说，我从柳树上砍下一根树枝，顺手插到地里，正是雨季，几天后就发了芽。

好！现在可以揭案了！庭长大声说。根据林业专家提供的资料，柳蓉树根是乱根，没有橛根，而柳枝子插下的树根是橛根，乱根很少。大家看，这块树墩的橛根十分明显，很少乱根，显然不是柳蓉树！还有一点，柳蓉树根是空心，而柳枝子树根是实心。

现在,把树根锯断,看看到底怎么样。

一双双眼睛紧紧盯过来。树根锯断了,实心,没有一点空隙。

庭长眼睛一亮,高声问,柳占先! 你还有什么话说?

柳占先像只被捉住尾巴的狐狸,在这个树墩面前,他还能说什么呢?

送你一束玫瑰花

海蓝是严刚认识不久的女朋友,经过一段时间的接触和了解,严刚给海蓝的印象还不错。今天,海蓝特意买了一束鲜艳美丽的玫瑰花,准备在公安检查站路过时,送给严刚,正式向他表达自己的爱慕之情。此时,严刚正站在马路边执勤,他的身后,是一排笔直的白杨树。海蓝的白色时代轻卡在严刚面前停下来,可是,让人没有想到的是,严刚看一眼海蓝,又看一眼卡车,不但没有一点热情,反而没完没了地仔细盘查,好像在他面前站着的,不是他朝思暮想的女朋友,而是一个走私嫌犯,叫人心里好不窝火。

"车上装的是什么东西?"严刚一本正经地问道。

"没长眼睛呀? 看不出那是鸡饲料!"海蓝没好气地说。

"小姐,请你出示驾驶执照!"严刚仍然不动声色,他以公事公办的口气说。

海蓝迟疑了一下,极不情愿地把驾照拿出来。

严刚仔细验对,把驾照还给海蓝。

"还有什么事吗? 严副站长!"海蓝收起驾照,脸上的笑容也没有了,就要转身上车。

严刚一挥手,喊道:"慢！请你拿出进货单据！"

海蓝瞟了严刚一眼,从背在身上的小坤包里,拿出饲料厂开具的货单。

严刚看了又看,没发现什么问题。倒是从海蓝的神色中,看出了她的不满情绪,他连忙把单据还给海蓝,海蓝"唰"地一把夺过去,疾步跨上车,招呼也不打,就要夺路而去。

严刚冲到车前,举起手臂,高声喊道:"等等！"

海蓝又一次下车,她慢慢逼近严刚,眼神里透出一丝愤怒,说道:"姓严的！ 你要干什么？ 我家养鸡场近万只鸡正在嗷嗷待哺,难道你想它们都饿死吗？"

严刚微笑了一下,想缓和一下紧张的气氛,但他的笑实在比哭还难看。他看看卡车,又瞥一眼海蓝来的方向,不由蹙了一下眉。那里是东风盐场,近来贩运私盐的事时有发生。

"小姐！ 说吧,车上到底装的什么？"严刚又一次问道。

"刚才不是说了吗？ 不相信自己上去看！"海蓝很有些不耐烦。

严刚冲海蓝一抱拳:"得罪了！"便爬上车去,搬开一袋袋饲料,忽然,他愣住了,他发现,饲料袋下面,满是建筑用的沙子。他抓起一把,细沙顺着指缝往下流。

"对不起,忘了告诉你,我家养鸡场准备扩建鸡舍,需要沙子水泥,那边的沙子便宜,我顺便买了一部分。"海蓝在车下解释说。

"噢?"严刚疑惑地看了海蓝一眼,但他并没有就此罢手。他用一根铁条,在沙子下面捅来捅去,直到确信里面全部是沙子,才跳下车来。他向海蓝敬了个礼,歉意地笑道:"海蓝小姐,实在不好意思,耽误你的时间了!"

海蓝却不马上就走,她气咻咻地质问:"哼! 说句不好意思就算完了? 我问你,你是不是怀疑我的车里装有违法贩私的东西?"

不等严刚开口,她接着问道:"你为什么平白无故怀疑我? 现在,你必须给我一个让人信服的回答,不然,我不会放过你!"

严刚没有说话,用手抓起了脖颈。这一回海蓝已经明显占了上风,她的眼睛像两只锥子,咄咄逼人地向严刚刺过来,说:"说话呀,严副站长,难道哑巴了?"

严刚抬起头,脸红得像一片火烧云,对海蓝笑了笑,但却没有说出话。

"这么说,你是故意找我的难堪了?"海蓝依然不依不饶,紧追不舍。

严刚向海蓝拱拱手,满怀歉意地说:"海蓝,这事怨我,是我判断失误,我向你道歉!"

"什么? 判断失误? 你是怎么判断的? 赶快讲清楚,让我这个普通百姓开开眼!"海蓝的话带有明显的揶揄。

严刚笑了笑,他走到卡车跟前,指着车下的轮胎说:"你看,你的车轮胎……"

海蓝只顾跟严刚争吵了,她一直没有发现,她的车轮胎竟然瘪得这样厉害,好像气不足了。可是,她昨天才刚刚充了气呀!

严刚继续说下去,像个富有经验的推理侦破专家:"像这种情况,表明车上装有沉重的东西。如果光是鸡饲料,轮胎不会压得那样瘪。当然,我没有想到,竟然会是沙子……"

"你没想过你女朋友是走私犯法那样的人吗?"海蓝仍然用不满的眼神看着他。

"对不起，我不能用感情代替执法！"严刚一字一顿地说。

海蓝不说话，她仔细看着严刚，久久地看着他，好像第一次认识他。半晌，她才回过神来，眼神中的不满、怨恨慢慢地消失了。突然，她一阵风似的跨上车，又一个转身轻盈地跳下来，拿出一束玫瑰花，送到严刚面前。玫瑰花微微地抖动着，散发着诱人的芳香，让人不胜陶醉。严刚接过玫瑰花，望着面前的海蓝，心里像揣了只兔子，咚咚地跳。更让人意想不到的事情发生了，海蓝以迅雷不及掩耳之势，凑到严刚脸上，轻轻地吻了一口，然后跨上汽车，快速离去。

明媚的阳光下，严刚笔直地站在路边，像一棵挺拔的白杨树。

孙武斩美姬

校场上，孙武升帐。牙将手握斧锧刀戟，站列两边。

两名美女被武士执于阶下。她们是吴王宠姬，一个叫阿玉，一个叫阿雪，在披坚执锐的三百名女兵队里，分别担任左右两队队长，只因在操演阵型时不听军令，带头嬉戏，致使队列混乱不整。孙武大怒，喝令推出斩首。

可是，二姬不但没有惧色，反而甩下兜鍪，扯去披甲，露出披散的秀发和鲜艳的女儿装来，她们眼含秋波，轻启朱唇，莺声说道："孙将军，早就听说你的鼎鼎大名，还知道你写了一本畅销书，叫《孙子兵法》。阿拉可是你的忠心读者，铁杆粉丝。你把阿拉放了，阿拉情愿做你的情人！"

孙武老家是沙河北岸的齐国乐安,为躲避战乱逃至吴国罗浮山,一边种地,一边研究兵法。只因吴王求贤若渴,加上伍子胥竭力引荐,才结束隐居生活,来到吴王身边。一听这两个女子的吴侬软语,犹如优美的乐曲随风飘来。阿玉、阿雪搔首弄姿,顾盼流连,她们心存侥幸,信心满满,以为凭借她们的绝色美貌,吴王都被迷惑得神魂颠倒,何况一介山野村夫的孙武,还不照样拜倒在美人的石榴裙下!

孙武的目光从二姬身上抽回。现在,他的身份地位已经发生根本变化。人常说,人一阔,脸就变,不但换老婆,还找情人,包二奶,养小蜜,搞腐败。从老家乐安带来的老婆,早已人老珠黄,怎能与这南国水乡的年轻女子相比?搁在别人身上,早就换了!可是,老孙不是那样的人,他也不想做那样的人,他是堂堂正正的男子汉!他紧蹙双眉,抚在桌案上的手猛然收拢,攥成拳头,大喝一声:"放肆!"声如晴空惊雷,把阿玉、阿雪吓得瘫倒在地。武士抢起大刀,冲着她们白嫩的脖颈呼啸而去。这时,只听校场外有人高喊:"刀下留人!"

循声望去,只见大夫伯嚭急急地奔来。伯嚭是吴王宠臣,权势显赫,吴王对他言听计从。他抹着额上的汗水,喘着粗气说:"孙将军,看在老夫薄面,饶过她们吧!"原来,这两个女子都是他的亲属,阿玉是他的外甥女儿,阿雪是他的侄女儿,是他为了向吴王邀宠,特意献给吴王的。

伯嚭凑到孙武跟前,低声说:"将军,您初来吴都,家境贫寒,老夫送您黄金十镒,白璧一双,另有美女、绢匹,回头给您送到府上。"他眯着小眼,觑着孙武,看他有什么变化。

孙武转过头去,眉头锁成一个"川"字,面色沉郁,一声不响。伯嚭一席话,仿佛戳到了他的痛处。是啊,吴都是繁华大都市,比山里消费高多了，老婆孩子一大帮，仅靠俸禄过日子，难免捉襟见肘。可是，日子再艰难，也不能成为贪赃枉法的理由。我受命于大王，就要维护军法尊严，决不能拿原则做交易！

他抬起头来，满眼威严的神色。武士抡圆了大刀，闪出一溜青光，二姬眼看就要香消玉殒。

"大王驾到！"

一声高喊，全场人都静下来。吴王从高高的看台上一步一步地走下，来到校场。孙武起身，向吴王拱手施礼，说："甲胄在身，不能行大礼。"

吴王不看孙武，心痛地看着阿玉、阿雪。阿玉、阿雪看见救星，对着大王号啕大哭。吴王对孙武委婉地说："爱卿，玉儿、雪儿服侍寡人无微不至，若没了她俩，寡人怎么活呀！"

孙武慢慢落座，眉头的"川"字又清晰地凸现出来。他心里咚咚直跳。二女是吴王宠姬，如果执意杀掉，势必伤害与大王的感情。大王对我有知遇之恩。若不是大王求贤若渴，派重臣携厚礼请我出山，我恐怕终生埋没在罗浮山中，面对夕阳哀叹自己怀才不遇。但军法不是儿戏，报答大王也不能以牺牲军法为代价。为将者，有法不依，执法不严，何以号令三军？如果那样，我还当什么吴国大将军，不如回到齐国乐安，在沙河之滨辽阔富饶的大平原上种庄稼！

吴王微闭双目，显出蔑视一切的神情："如果寡人命令你放人呢？难道你想违抗寡人的命令吗？"

孙武抚在桌案上的手轻轻地抖了一下，他的头有些晕眩。吴王是至高无上的君主，他的话是最高指示，谁不听谁倒霉。看来，俺老孙命途多舛，刚刚出山，就碰上了难剃的头。此时此刻，他心里生出一丝悔意，早知如此，当初何必在大王面前夸下海口，要求演练女兵呢？然而，这个念头在他心里一闪，就立刻消失了。开弓没有回头箭，再难剃的头，也要给它剃了！即便抛头颅洒热血，在所不惜！他咬紧牙关，脸色变得异常冷峻，向吴王回道："大王，军中无戏言。臣已受命为将，将在军，君命有所不受！"说罢，一拍桌案，高声断喝："杀！"

武士手起刀落，眨眼之间，血光映红了半个天空。

堂　弟

刚到家，母亲告诉我，在外面打工的堂弟回来了。

堂弟在延安的油田钻井队打工。我知道钻井工人是非常辛苦的，因为我曾经去过临近的胜利油田，看见过油田钻井工人工作的场景。在凛冽的寒风里，他们身穿满是油污的衣服，扛钻杆，搬油管，什么苦活脏活都干，累得贼死，但据说工资还可以。我问："堂弟这次回来，挣了不少钱吧？"母亲摇头说："挣啥钱？他受伤了！"我吃了一惊："这是怎么回事？"原来，堂弟在作业时，从高高的井架上摔下来，身上多处受伤，差点把命送上。"这个钻井队是私营的，老板只给他在当地一家小医院简单地治了治，就打发他回来了！"母亲说着叹了口气。"没赔偿他一笔钱？"我急忙问。"赔钱？还赔金子啦！你堂弟住院的钱，都是他自己掏的。打工好几年，不光没挣到钱，还落了一个残疾……"母亲的眼圈红了。

我去看堂弟。堂弟的房子愈加破旧了，刚会走路的孩子脸上显出菜青色,营养不良的样子。所幸的是,堂弟的伤已经基本痊愈了。但因摔伤而留下的后遗症还没有消除,他原本平整的额头上,有一部分明显地凹陷下去,深深的,像是高原上的盆地,伤口和缝合的针眼清晰可见,他走路也有点瘸。"每逢下雨阴天,就浑身疼痛。他成了一个残疾人了!"弟媳的眼圈红了。"去!哪有你说的那样严重!"堂弟不让她说下去。他面带笑容,给人一种不以为意的样子。

说起被摔伤,堂弟一点没有责怪别人的意思,他只是懊悔地说:"都怪我,爬井架时,不小心,一脚踏空……"说到因治伤把他打工挣的钱都花光,他很是痛心,他本想用这笔钱盖房子,"但却一下子捐给了医院!"堂弟笑了一下,摇摇头,那痛心的样子在他脸上迅速消失了,他自我宽慰地说:"不说那些了,捡了一条命,比啥都强……"

堂弟依然那样憨厚、淳朴,在外面打了几年工,也没有改变他的品性。他跟我说话的工夫,弟媳忙着收拾东西,衣服、被褥,还有鞋,一一放进一个大旅行袋里,一边不时地嘱咐他"出门要注意啦、小心啦"等话。我诧异地看了堂弟一眼,问:"你们这是要做什么?"堂弟说:"再出去打工。"

"啊?还出去?"我不由地看着他那凹陷下去的额头。

堂弟笑了笑,说:"不碍事。我还年轻,有的是力气!"说着,看了一眼他那破落的院子,逗弄一下咿呀学语的孩子,便背着行李走了,走路一拐一拐的。他回头道别时,那凹陷下去的额头又一次出现在我的面前。

桃花为什么这样红

　　王老二是村里比较有名气的人物,因为他的脑瓜特别灵活,
人们都叫他"赛电脑"。他也经常以"赛电脑"自居,多次给别人
无偿提供挣钱发财的点子,但人家就是不愿听他的话,不按他出
的主意办,急得他一个劲地咬牙跺脚干瞪眼。哼! 不听良言劝,
吃亏在眼前! 他这样生气地想。这一天,他忽然听说孙子兵法城
要向东扩建,他还亲眼看见有人架着测量仪,在那里测量,便在心
里打开了小算盘。这孙子兵法城是近年修建的旅游景点,据说
2500 多年前,那位撰写了举世闻名的《孙子兵法》的孙老先生,就
诞生在这里。因此,国内外那些崇拜他的人便络绎不绝地前来旅
游观光。王老二一下子喜上眉梢,因为兵法城东边有他家的 8 亩
地,哈,他发财的机会来到了!

　　这一天,他找来亲戚帮忙,把一片葱茏翠绿的麦田全部毁掉,
挖上密密麻麻的坑,买了桃树种上。有人说:"老二,你种桃树,
就种好品种,长的桃子个儿大,赛蜜甜,那样才会有好市场。"王
老二不屑地笑笑,说:"我种桃树,不是为卖桃!"人们不解:"那是
为什么?"王老二莫测高深地一笑,也不说为什么。他在心里说:
你们懂什么,一个个都是榆木脑袋,近视眼,连自己的鼻子尖都看
不见,还好意思给我出歪主意!

　　桃树长得很快,第二年春天,开了满树的桃花,结了满树的桃。
王老二站在桃树下,暗暗地盘算着:一亩地 300 棵桃树,8 亩地共有
2400 棵,每棵桃树作价 100 元,不多不少,整整 24 万! 只要兵法城

扩建征地,征地费不算,光果树补偿就得24万!嘿嘿,他不由佩服起自己来,不服不行,就是有眼光,脑袋瓜就是好使,不愧人称"赛电脑",不用费劲,24万就轻松到手了!他得意地哼唱起了"东路梆子",走路也像在跳舞。桃子成熟了,熟透了的桃子落在地上。桃子长得既不好看,也不好吃,因此,王老二不必昼夜看守,绝对没有人来偷吃桃子。但那些桃子白白地落在地上毕竟可惜,他便找人帮忙,把树上的桃子全部摘下来,拉到城里去卖,能换多少是多少,这要算预算外收入了!但城里的人实在尖酸刁猾得很,看见他的桃既不好看也不好吃,就远远地走开。尽管他扯破喉咙招呼"贱卖贱卖",但从早晨一直挨到天黑,一个桃子也没卖出去,还白白赔了5元市场管理费。王老二又累又乏,口干舌燥,只得把整车桃子拉回家去。一连好几天,他拉着桃子穿街过巷,也没卖出多少,最后大半桃子烂在家里。王老二瞅着跟自己的桃园紧紧毗邻的兵法城,不知怎么回事,一点动静也没有。他不由四处打听,但打听也是白打听,一点准确的消息也没有。等着吧,总有动工的那一天。

秋去春来,转眼一年过去了,桃花开了又谢了,桃子又一次成熟了,他也不再摘桃卖桃,任凭它从树上落下来烂掉。等到又一年桃花开了的时候,他远望着自己的8亩桃园,就像一片花的海洋,绚丽多彩,煞是好看,把兵法城古典建筑群装点得别有一番景致。此时正是旅游旺季,来兵法城游览的男男女女,被这一片妖娆的桃花所吸引,纷纷来到桃园,观赏盛开的满树桃花,呼吸清新馥郁含着桃花芳香的野外空气,一个个甭提多么高兴了!那些女人们的笑脸,简直就像桃花一般娇美动人。然而,王老二的心情却糟透了,因为他已经听到确切消息,兵法城不再扩建了,因为要承办扩建工程的投资商,已经在兵法城西南的古城墙脚下看好另一片投资热土,并且在那里破土动工了!

这一打击对王老二委实不小,他发财的美梦彻底破灭了。他看着那些桃树,气不打一处来。他便找了亲戚帮忙,把那些桃树全部刨倒了!一棵棵开满桃花的桃树横七竖八躺在地下,绿叶蔫了,花儿谢了,一片破败景象。这时候,兵法城一名干部走过来,问他为什么把这么好的桃树给刨了?王老二气呼呼地说:"我的桃树,我愿意刨就刨,谁管得着?"干部从地上拣起一枝桃花,嗅了嗅,说:"多么好的桃花啊!可惜!可惜!"他告诉王老二,现在正是桃花盛开的季节,您的桃园美化了兵法城的外部环境,我们准备把您的桃园收买过来,作为兵法城的游览景点。当然,您的桃子不好吃,我们可以嫁接,让它们长出好吃的桃子!

什么?王老二看一眼被刨倒的桃树,后悔得肠子都青了。此后,他不再以"赛电脑"自居,并且常常骂自己没眼光。他还常常做梦,梦见被自己刨倒的桃树又复活了,长满了绿叶,开满了桃花,桃花红艳艳的,煞是美丽好看。不过,他不敢正眼看那些桃花,他觉得,那些桃花不是一般的红,实在是有些害羞的样子。桃花为什么害羞?桃花在替主人害羞吗?……一梦醒来,王老二自己的脸也不由红起来。不过,他脸红的样子,绝对没有桃花那样好看了!

提前脱贫

这一天,陈家旮旯乡乡长陈大锤拍了拍脑袋瓜儿,做出一个历史性决定:全乡提前三年脱贫。

既然要脱贫,就要把"冒牌"贫困户全部去掉。你想啊,贫困户没有了，不就脱贫了吗？为此，陈大锤乡长亲自挂帅，带领人员深入村庄，走东家串西家，精确计算每个贫困户的经济收入，拿出孙悟空"火眼金睛"的本事"精准识别"，一斤一两、一分一厘全部计算在内，决不让一个人侥幸过关。

嗨哟！真是不查不知道，一查吓一跳，"冒牌"贫困户大有人在！这一户户主叫王三元，他家的房屋不错，居然有六间房子，还有厢房。但是，陈乡长并不知道，这房子不属于王三元，他家的房子早已坍塌，他一家在这里临时借住。问他家的经济收入，王三元憨憨地笑，擦一把鼻涕说，挣不少，两三千吧？其实，他说的这个数是他一年的收入，陈乡长却当作一个月，所以吃惊不小。又问他老婆，他老婆怯怯地站在墙角，一句话不说，王三元说她捡破烂儿，也能挣好几十块。其实，他老婆捡上一两个月才能卖几十块钱，而陈乡长却把它当作一天的收入。他顿时皱起眉头，这样的家庭，居然也当成了贫困户！

陈乡长走进下一家。这一家户主叫杨大林，患肝病多年，现已到肝硬化晚期，长年吃药，日子过得相当困难。为了不遭人嫌弃，他在公共场合从不说自己有肝病。杨大林虽然大病在身，但并不闲着，正坐在院子里结绳网。陈乡长问他一年挣多少钱？杨大林并不停下手中的活儿，淡淡地说，这个哪儿有准儿，挣多少算多少。其实，这样的加工活不是每天都有，而且他的身体也不行，干的时间长了就受不了，一天最多结十几个网子，因此挣钱有限。但是，陈乡长对这样的回答很不满意，他明白了，有一些人不愿意露富，他家挣多少钱谁也不知道。陈乡长是谁？他可不是好糊弄的！他就耐下心来，一笔一笔地给杨大林算账。结一个网子大概一元钱，一天打算结五十个网子，那就是五十元，一个月就是一千五百元，超过贫困线好多。陈乡长又问他儿子干啥，挣多少钱？

杨大林的儿子脑子有毛病,经常出外流浪,而杨大林又不愿意让外人知道,以免遭人嘲笑,便含糊地说,没干啥。陈乡长的脸一黑,说,老大不小了,为什么不去打工?杨大林异常尴尬,无言以对。陈乡长说,这不行,低保金不能养闲汉。因此,这一户就被排除了!

陈乡长又来到一家。男主人叫牛富贵,是个残疾人,老婆有先天性心脏病,不能做体力劳动。牛富贵虽然名为"富贵",但既不富也不贵,日子过得不好。但是这个人爱面子,从不说自己穷。尤其见到陈乡长,人家是官面上的人,更不能叫人看不起。陈乡长问他一年的收入情况,牛富贵笑着说,现在不缺吃不缺穿,日子好过。陈乡长很满意,看一眼他严重残疾的腿,问他生活有没有困难?牛富贵连忙摇头,说,没困难,没困难!

陈乡长不费吹灰之力,排除了这个村所有的贫困户,这样,这个村就已经脱贫了!陈乡长很高兴,以这种"精准脱贫"的方法把全乡各村排查一遍,很快,全乡贫困户都脱了贫。于是,陈乡长向县里写了报告,宣布全乡提前脱贫。但是,报告送上去,却挨了县里一顿好批,并根据陈大锤一贯虚浮不实的工作作风,认为他不适合担任乡长,给予降级处理。于是,陈大锤灰溜溜地离开乡政府办公室,到另一个乡当副乡长去了。

铁杆粉丝

二兰子长得不算漂亮,也不再青春,不过,她穿着时髦,即使在街上炒菜的时候,也是穿戴一新,描上眼影,涂上口红。她爱笑，笑声很响地穿破喧闹的夜市。她最喜欢说的一句话就是：
"想我了吗？想我就来点儿实在的！"把人家撩拨得心痒难耐，几
近癫狂。

她虽不是演艺明星，但却拥有众多粉丝，她的粉丝既有男的，
也有女的，绝大多数是年轻人。只要她摆下摊子，粉丝们就会不
约而同地蜂拥而至。

三五个男的左顾右看地走过来，大概想找个饭摊坐下。路两
边好几家卖饭的，每走过一个饭摊，就有人招呼他们，他们中有人
迟疑，但其中一个打头的一概不理，带着他们径直往前走。

二兰子远远地就瞄上了他们，就像一个猎人瞄上了猎物。她
知道这是她的主顾，只要他们来吃饭，就上她这儿来。老远地，她
就冲他们打手势，她的手势具有超群的魅力，很多对她不熟悉的
人，看见她的手势也会着迷。等他们来到跟前，她就笑着问："好
几天没来，想我了吗？"那打头的笑着说："想你了，不想你能来
吗？""想就来点实在的哈！"二兰子很响地笑着。"'实在的'是什
么？"打头的装作不懂。二兰子奚落道："你傻不傻呀？连'实在
的'都不知道，白活这么大呀！""不知道，你说说嘛！"打头的紧跟
着追问。"不知道就使劲想呀！"几个人嘻嘻哈哈地说笑起来。
其时，她的饭摊上已经坐满了人，没有空闲的桌子，她又忙得分不
开身，就让那个打头的自己动手，把一块板子放在一个纸箱上当
桌子，周围又摆上几块砖头当座位，爱干净的就在地上捡一张废
纸或废塑料袋垫在砖头上，那废纸或废塑料袋也是脏兮兮的。打
头的干得很起劲，还让他同来的朋友帮忙。收拾完了，那几个人
围着"桌子"坐在砖头上，好长时间了，菜还没上来。有人看一眼
相邻的饭摊，人家的座位大都空着，便建议说还是去那边吧？打
头的摇头，他们只得耐心地等。打头的是个黑脸，人们叫他黑子。

他在家里什么都不做，但来到二兰子这里，却非常勤快，不停地做这做那，择菜、洗菜、剥蒜、切肥肠，忙得不亦乐乎，好像他不是客人。二兰子支使他也很随便，常常呼来喝去。

有时候，黑子也一个人来，一个人的黑子更不像个客人，他简直像个打杂的，被二兰子支使得晕头转向，而且他这个打杂的不要任何工钱，而黑子呢，干得非常得意，就像给二兰子干活，是一件非常荣耀的事。这一次黑子大概忘记了自己是来吃饭的，直到帮着二兰子干到半夜，把客人一个一个地都送走了，才觉得肚子饿了。二兰子要给他炒菜，可是，几乎所有的菜已经卖光，二兰子只得把客人吃剩的几样菜热了热，打发他吃，菜里散发着难闻的酒气和令人作呕的口水味道，让人看一眼就恶心，但黑子并不计较，吃得津津有味。

黑子吃剩菜的一幕，恰巧被相邻饭摊的三嫂子看到了，三嫂子狠狠地把一只舔吃剩菜的小狗踢一脚，小狗嗷嗷地叫两声，并不离去，接着在那儿伸长舌头舔。第二天，黑子帮二兰子去三嫂子那儿借盘子，三嫂子嘀咕说："那样的剩菜不知道啥人吃的，满是口水，说不定还有传染病，正经人谁吃那个呀！俺这里，决不让客人吃那个！"黑子脸一红，说："没啥，不干不净，吃了没病！"三嫂子又问："她炒的菜好吃吗？"黑子想说不好吃，说实话确实不好吃。但她朝二兰子那儿看一眼，二兰子的眼儿正朝他瞄过来，话到嘴边改成了："还凑合！"三嫂子抿嘴一笑，问："她不要你的钱？"黑子说："不要钱还行，吃了饭哪能不给钱呀！"三嫂子说："那你还在她那儿吃！"黑子说："吃惯了，不去吃不好意思！"说完，拿着盘子头也不回地走了。三嫂子在他背后低声骂："天底下没见过这样的傻子！"

不知什么缘故，二兰子好几天不出摊了，黑子来了没着没落，四外看一眼,又快快地回去。三嫂子招呼他,他听见了,走过去。他问:"二兰子为什么没来?"三嫂子也不知道二兰子为什么没来。三嫂子让他坐,他不坐,让得紧了,只好坐下,但坐下了又立刻站起来,像是座位上有钉子似的。三嫂子给他炒菜吃,他死活不吃,急匆匆地走了。

又一天晚上,黑子又来了,又没看见二兰子。他问三嫂子,三嫂子神秘地告诉他:"二兰子跟她的一个相好的走了!"黑子呆了半晌,低声说:"不会吧,怎么会呢?"三嫂子说:"她的照片被人偷拍了发到网上了,跟一个男的在一起……"

黑子傻了一般站在那里,眼睛瞪得像铜铃。

以后,黑子仍然一如既往地上这儿来。秋风凉了,夜市已经不那么红火,来这儿吃饭的明显少了,只有黑子在这里寻寻觅觅,他神情呆呆的,头发长长的,像一堆乱草,脚上的鞋也穿破了,脚趾头从窟窿眼里钻出来……

头等大事

这天中午,林森出发回来,路过理发店门口,发现里面不太忙,便赶紧走进去。理发师是个小伙子,手艺不错,收费不高,态度也好。来这儿理发的络绎不绝,林森理发也喜欢来这里。他坐在理发椅上,对着面前的大玻璃镜一照,只见两鬓霜染一般,头顶也是黑白参半,面庞显得苍老许多。要知道,在他四十岁以前,头发还黑黑的,即便有几根白发也形不成气候。可是,过了四十岁,短短几年时间,头发就忽然日渐一日地变成这样。以前来理发,小伙子都会建议他焗油,这次来了也不例外。

你别不当心,这可是头等大事呀!小伙子一开口就故作惊人之语。

林森不由眉头一皱,头等大事?小伙子侃侃而谈,开始诠释他的理论:这一呢,头发黑了,人显得年轻。林森笑笑,说,人老了,头发都会白,自然规律。小伙子反驳道,哪儿呀!你才四十几岁,还是正当年,说老还早。你看上边的大领导,五六十岁的老头子,头发又黑又亮,一根白发也不见。你应当跟他们学学。林森知道小伙子的用意,无非是想从他的兜里多掏一点钱。平常理个发才五元钱,如果焗焗油,染染黑,就是几十元上百元了!他对小伙子的敬业精神表示赞赏。还有二呢,小伙子接着道,焗油给头发增加营养,时间长了,头发就会自然变黑。林森不相信。真的,一点不忽悠,你上网一查就知道了!小伙子边说边挥动剪刀,头顶上咔嚓咔嚓响,头发雪花似的落下来。

你把头发染黑了,不只是为了你自己,也是对别人的尊重呢!小伙子继续"语不惊人死不休"。

林森本来有点困,听了这话不由地打起精神。昨晚开会一直开到十二点多,今天早晨不到五点又因为紧急公务早起出发,因此,很想在中午补一觉。但是,如果真的躺在床上休息,今天的头发又理不成了。十几天前他就该理发了,因为工作忙一直拖到现在。前天晚上,他还忙里偷闲地来过一次,但因理发店里的人太多,他时间有限又等不起,又走了。他在面前的大玻璃镜里看着小伙子,等待他的下文。

你想啊,你们当领导的,坐在一起开会的时候,人家的头发都墨黑,只有你的头发白,你有什么感觉?他们的感觉又会怎么样?

小伙子做了个鬼脸。

林森不由感慨，小伙子说的还真像那么回事。每当他在会议室出现，或者下基层的时候，总会引来异样的目光。有个别同志以为他不合群，是什么"特立独行"，不和大家保持一致。有一次他去村里调研，一位七十多岁的老大爷居然这样劝他，老同志啊，你这么大岁数了，头发都白了，还和年轻人一样下基层。以后啊，这样累人的活儿多让年轻人干就行了！随行的司机哭笑不得。回来的路上，司机劝他，赶紧把头发染了！要不然，上边儿对你的印象也不会好，会影响前途呢！林森大笑，反问道，把头发染黑就不会影响前途了？

小伙子用剃刀给他剃两鬓，他手不停，嘴也不闲。你家大姐每天看你不觉得别扭？她有没有劝你染染发？林森的爱人也经常来这里做头发，所以小伙子熟悉。他不达目的不罢休，又拿出新的撒手锏。

林森上眼皮和下眼皮开始打架，睡意又来袭扰他。小伙子是他肚里的蛔虫吗？他说的还真是这样。在医院当护士长的爱人只比他小三岁，加上长得年轻漂亮，穿着时髦整洁，在别人看来，就像小了十几岁。两人走在街上，偶尔浪漫一下牵牵手，马上引来众多好奇的目光，有的还窃窃私语，说什么萝莉爱上大叔！爱人听了很有些不快，马上把手抽回去。为了染发，爱人还跟他闹过别扭。有一回，他拗不过爱人，果真去理发店，但听说染发很费时间，大概要一两个钟头，便马上像弹簧一样退出来。

小伙子在镜子里看林森，林森双目微闭，不吭声。小伙子以为他的"说服动员"终于奏效，脸上现出兴奋，说，怎么样？下决心了？林森还是不说话。

小伙子心中疑惑，不知道面前的这个客户是同意呢还是不同意。要是搁在别人身上，费尽口舌说了这么多，早把他说服了。正在自己胡思乱想的时候，忽然听见一阵轻微的鼾声，起初，他以为是外面传进来的，可是仔细一听，不对，这声音分明就在自己面前。原来，他的客户坐在理发椅里睡着了！嘴里还咕咕哝哝说话：头等大事……

完美的合奏

在乐安城里，人们经常看到一个目光呆滞、胡子拉碴的男人，推着一辆装满货物的三轮车，后面跟着一个病快快的女人，他们早早地穿过繁华的南门大街，拐进大寺街的路边停下来。女人坐在一边使劲地咳嗽，男人则不停地从车子上搬上搬下，把货摆在摊上。女人咳嗽完，坐在货摊后边，以期待的眼神看着过往行人。太阳毒辣辣地照下来，男人扯绳子扎篷，扯在半空的布篷把女人罩在阴凉里。他们仿佛事先做好了分工：所有的体力活儿都归男人干，而收钱找钱，都是女人做。男人虽然弱智，但有力气。女人虽然是个病秧子，但脑子好使，算账开口就来。两人各有分工，但又互相照应。不管严寒酷暑，每天每天，他们都待在这里，这里是他们赖以生存的地方。直到天黑，路灯的亮光把他们的身影斜斜地照在地上，他们才迟迟收摊，回到自己的蜗居。收摊的时候，照样是女人在一边坐着，男人一件一件地慢慢收拾，装上车子，用绳子刹紧。车子太重，不能骑，只能推着。男人推着车子艰难地走，走不多远，又停下来，回头看看，撂下车子回到摆摊的原地，四下里瞅，又用脚踢踢废塑料袋、废纸，看看有没有遗落的东西。没有了，他们就放下心来，推着车子回家。

走在路上，男人总是低着头，眼睛在地下搜寻着什么。只要发现一截绳子头儿，一张废纸，一截树枝，一只易拉罐，一个空矿泉水瓶子，都要捡起来，放到车上。这些东西，他都能给它们找到用处。绳子头儿可以拴东西，废纸、空瓶子可以卖钱，树枝、木条可以当柴烧。废品捡得多了，他就送到废品收购站去卖，他把卖得的钱全部交给女人，他一分钱也不舍得花。人们常常可以看到这样的景象：每当他看到了什么，便撂下车子，不顾一切地冲过去捡，仿佛迟一点就会被别人捡走。车子咕噜噜顺坡滚下，惊得行人大呼小叫。交警冲他打手势，人们喊他，他一概不理，只是执着地向前冲。来来往往的车辆都停下来。交警帮他推车子，直到他把瓶子捡起来，推着车子走了，街上才恢复了原有的秩序。乐安城的人宽容，厚道，他们并不怪他。是啊，他这样一个人，跟他的病妻相濡以沫地生活，就不错了，还要期望他什么？

女人虽然弱不禁风的样子，但却隔三岔五地出外提货。乐安城一带交通便利，前往滨州、济南的客车往来穿梭，方圆几百里内均可当日往返。到达批发市场，她也奇怪地不再咳嗽，不停地这里那里挑选货物，跑起路来两脚生风。

女人出去提货的时候，男人忠实地守在摊前，从不离开半步。偶尔有人买什么，他就按照女人事先教给他的价格收钱。没有人看他是个弱智而欺侮他。为了看货摊，他中午居然不吃饭，也不去厕所。内急的时候，就不时蹙眉、咬牙、跺脚，不时地朝女人来的方向望去。人们看他窘迫的样子，替他着急，劝他："我给你看着，你快去吧！"他听不见，给他打手势，他只是装聋作哑。直到太阳偏西的时候，女人风尘仆仆地归来，男人才急急地跑向厕所，然而,他的裤子已经湿了一片……

　　男人耳朵聋,别人怎么叫他,他也不会听见,但女人轻轻说一句什么,甚至一个眼神,一个手势,他都会感觉得到。他听女人的,女人叫他做什么,他就乖乖地做什么。没什么可做的时候,他就蹲在女人身边。中午,太阳毒毒地照下来,热得浑身冒汗。女人递给他一元钱,给他比画一下,他会意,颠颠地去了,一会儿,又颠颠地跑回来,手里举着一块雪糕。他把雪糕递给女人,女人吮一口,又举到他嘴边,他吮一口,鼻涕涎水黏在雪糕上,女人不嫌脏,接着吮。你一口,我一口,相视而笑。他们笑得那样自然,幸福无比的样子。此刻,附近商店里,传出了一支小提琴合奏曲,悦耳动听的音乐就像一缕清风,送来清凉的感觉。

　　乐安城的冬天是寒冷的。男人和女人并没有像有钱人家那样躲在有暖气的家里避寒,而是一如既往地坚守在他们的货摊前。春节来临了,人们络绎不绝地赶年集买年货,而他们却好像没有过年的概念,女人在批发市场提了大量的货,以致男人必须分两次才能把它们载到摊上。大年三十,他们又早早地来了,人们围在他们摊前买东买西,两口子忙了个不亦乐乎。直到太阳偏西,街上的人稀少了,他们才收拾回家,男人车子上的货物明显地减少了。

　　过完年出摊的时候,女人居然开着一辆崭新的三轮摩托车,车斗上满满地载着他们卖的百货。男人骑着那辆几近空着的三轮车跟在后边。女人穿上了新外套,比以前显得年轻了,男人也穿上了新衣服,理了发,剃了须,原先邋遢肮脏的样子不见了。摆在摊上的货琳琅满目,花色品种比以前多了。夜幕降临了,路灯的光亮把他们的身影斜斜地照在地上,他们开始收摊回家。驾驶车子也必须两个人合力才能完成:启动的时候,男人用脚猛踹发动杆,一下,两下,哒哒哒,车子响起来,女人坐上去,按动油门,一溜烟地走了。男人照旧在摆摊的地方低头搜寻一番,确定没有什么遗落后,才放心地蹬着空着的三轮车,向着女人的方向追去……

新房子 老房子

张家旮旯村报低保户,其中就有张小四的名字。低保户虽然说起来不那么好听,但却会受到一些特殊照顾,比如每个月给一笔生活费,过年过节了,还会领到一袋面粉和几斤猪肉什么的。村里很多人都想当。但这样的好事,并不是谁想当就能当上。按说,张小四的家庭并不贫穷,村里比他穷的还有好多家,但因为村主任张老七是张小四的七叔,"肥水不落外人田",因此,不让别人当也得让张小四当。张老七嘱咐张小四说,明天,上边的人可能要来看一下,"你抓紧收拾收拾,该藏的藏起来,别让人家看出假来。"

张小四按照七叔的嘱咐,就要着手收拾。他扫一眼屋内,想先把新买的 29 英寸大彩电搬到另一个屋里,可是父亲张老六正坐在沙发里津津有味地看电视,眼睛直直地盯着电视屏幕,手里捏着的烟卷袅袅地冒着烟,烟卷快要烧到手指了,还没觉得。他怕搅了父亲的兴致,打算先去搬电脑。电脑桌旁,儿子聪聪正在埋头玩游戏,一边戴着耳机听歌。他叫了聪聪好几声,聪聪都没听见。还是先搬洗衣机吧!张小四走进了卫生间,老婆二凤正在洗衣服,洗衣机发出嗡嗡的响声。二凤很配合,说等一会儿洗完这几件就行了。张小四便走到院子里,把摩托车盖起来,又把拖拉机开到屋后……

张小四收拾完了,该搬的搬了,该藏的藏了。张老七过来看了下,皱着眉说:"四儿,你家这房子太新,太宽敞,这样吧,你还是暂时搬到别处住一下吧!"

搬到哪儿呢?张小四想了想,决定搬到自己原先住的老屋里。

老屋早已经破烂不堪。张小四站在狭窄的院子里,四下打量,过去的一切如在眼前。老屋不知盖了多少年,张小四记事的时候就住在这里,直到二十多年前才搬到现在住的新房子里。那时候,张家旯旯村是有名的穷村,他家又是最穷的户,可以说家徒四壁,一无所有。为了迎接上边检查,村干部们有的给他家提来一只暖壶,有的搬来两把椅子,还有人给他搬来一台木壳收音机,布置得差不多的时候,村干部们看看房子,觉得还是不满意。这座房子不但狭小,而且房顶漏雨,墙壁透风。最后决定,让张小四一家暂时搬到村委会的房子里。

张小四看一眼停在半空的太阳,觉得时间过得真慢。聪聪吵起来,说上不了网真难受,闷死了!二凤也觉得不习惯,说这儿太脏,太狭窄。父亲一个劲儿抽闷烟。到了晚上,连电灯也没有,点上煤油灯,到处黑洞洞的。

"小四,上边不会在晚上来检查,咱们还是回去住吧,这儿脏兮兮的,怎么住呀!"二凤说。张小四皱了一下眉,还未搭腔,聪聪就高兴地跳起来。父亲也支持他们两个。张小四也不想在这里过夜,只是想晚一点再回去。回到家,父亲立刻打开电视机,看他的连续剧,聪聪急不可耐地打开电脑,玩起游戏来,二凤继续用洗衣机洗衣服,好像她有永远洗不完的衣服。

第二天一大早,他们一家又回到原先住的破院子。可是,等了一天,也没见上边的人来检查,他们便有些不耐烦。聪聪说:"咱们好好的为什么要装穷呀?"二凤也说:"装穷真不容易呀!"父亲张老六也叹气。

三四天后,张老七来到张小四家,说:"四儿,上边批下来了,从今往后,你家就是咱们村的低保户了!"

张小四吃了一惊,问:"七叔,上边不来检查了?"

张老七说:"嗨!上边那么忙,哪有工夫来呀!"

张小四老婆说:"早知道这样,还搬什么家呀!"

"不过,"张老七话音一转,说:"也说不准,上边不定什么时候来检查一下,你们也得有所准备。"

"啊?"张小四一家都吃惊不小,异口同声地说:"还要来呀?"

张老七走了后,张小四一家合计起来。聪聪说:"咱们不当低保户不行吗? 当低保户多累呀,电脑也不能玩,还得住老房子!"

二凤说:"搬来搬去的,不够麻烦的!"

父亲骂道:"老七这个混账! 从小就贪财,什么东西都是好的,一个低保户也怕便宜别的人!"

张小四也觉得,七叔这样做不地道。他决定:把这个低保户退回去,今后说啥也不往老房子搬了,过去的穷日子还没过够呀!

全民微阅读系列

信

1976 年,我初中毕业,因为身体不好,没能进入高中继续上学,又干不了农活,就想学苏联作家奥斯特洛夫斯基,发奋写东西,把写出的东西雪片一般寄出去。投稿好歹不用贴邮票,只需在信封上写上"稿件"二字,或者剪去信封的一角,塞进邮筒里就行。可是,邮局在李庄集,远在十几里外,我走路不方便,走不了那么远,每次写好信,都是托赶集的人们捎过去。这一天,我拿着信站在家门口,正好看见三叔背着一捆柳条子去赶集,便把信交给他,让他帮忙塞进邮筒里。三叔满口答应了。他把信仔细地装进衣袋里,还用手拍了拍。他说,老侄子,就是我的柳条子卖不了,也得把信送上!

三叔大步流星地走远了,我却有点不放心了。三叔做事粗粗拉拉,丢三忘四,还爱喝两盅,刚才我就依稀闻到他身上有酒味儿。直到天快黑的时候,才看见三叔一拐一拐地回来了,那走路的艰难样子,比我差不了多少。

看见我,他下意识地摸摸衣袋,说,老侄子,你的信送上去了?

咦?我瞅着他被酒精烧红的脸,一时没闹明白,他怎么问起我了?

是这么回事,三叔脸上带着歉意,吞吞吐吐地说,这事还是怨你三叔我,爱忘事儿,没把老侄子的事儿搁心上!

原来,三叔到了集上,卖了柳条子,在小酒馆里喝了二两地瓜烧,醉醺醺地往家赶。走到半路了,才猛然想起兜里还揣着一封信。他使劲捶打自己的头,心里骂,光顾喝"马尿"了,把老侄子托付的这么大的事儿,都给忘了!

他立马就转回身,再一次向集上跑。过一个岔道口时,一辆自行车朝他冲过来,也是三叔光顾走道儿没注意,也是那骑车人驾车技术不怎么样,三叔便被撞倒了! 当时,他没觉得疼,爬起来,拍拍身上的土,继续走。走了不多远,腿便疼起来,他忍着疼痛,接着赶路。可是,他的腿疼得越来越厉害,一步也不愿意向前迈了。这时候,正巧看见二毛子远远地从后边赶上来,要去李庄集办啥事。三叔便把信交给二毛子,一再叮嘱说,把它送进邮筒里,千万千万,别忘了!

老侄子! 当时,我……要不然,说啥也得亲自把信送上。三叔解释说。怎么,二毛子回来没给你说一声? 不行,我去问问他!这个二毛子!

不远处就是二毛子的家,三叔一拐一拐地跑到他家门口,高声喊,二毛子! 二毛子! 二毛子的媳妇正在做饭,烟囱里冒着浓浓的烟。听见三叔叫,便在院子里答应说,二毛子还没回来呢!三叔骂了一声,转过身,一拐一拐地跑到我跟前,脸上的歉意更重了,好像犯了莫大的过失,说,老侄子,你放心,二毛子不是没正事儿的人,不然,我也不会放心地把信交给他,他一定把信送上去!

第二天一大早,我还没起床,就被大街上三叔招呼二毛子的粗嗓门吵醒。过了一会儿,三叔推开我家的门,站在院子里说,老侄子,我问过二毛子了,你的信他已经送上去了! 放心吧,啊! 他好像终于松了一口气,说话的声音踏实多了。

这时,门口有个女人抱怨他,听声音像是三婶:哎呀! 看看你,今黑夜还吵着腿疼,大早晨起来就一趟趟地跑,腿不疼了?

三叔生气地说，你懂啥？这不是别的，这是信！

三叔说完，一脚轻一脚重地走了。那个"信"字还在我的耳边久久萦绕……

我心里很不安心，为了一封信，害得三叔被撞伤了腿，还忍着腿疼跑来跑去好几趟。我找到三叔，对他说了一些感谢的话。三叔的脸色很庄重，突然睁大眼睛，一本正经地问我，老侄子，啥叫信？我一下子愣住了。他伸出手指头，在地下画了一个"单人旁"，说，这是人；又画了一个"言"字，说，这意思是说话。他停了停，好像是卖了个关子，然后一字一顿地说，一个人讲信用，说话算话，就叫信！

三叔的话掷地有声，格外响亮。三叔没什么文化，然而他对这个"信"字却理解得这样深刻，说的话令人深思，让人没齿难忘。

一张车票

牛会计是看了马经理的招聘启事，才来到公司，担任主管会计的。

谁料想，这老头还真牛气，刚刚坐到会计的账桌边，就跟马经理摩擦上了。

马经理去东北进了一车皮木材，途中倒汽车换火车，车票攒了一大沓，拿来让牛会计报销。

牛会计戴上老花镜，把车票一一验看，个别把不准的，还拿到半空对着太阳瞧,好像车票也有假。

终于,牛会计发现了什么,脸上透出一丝兴奋,略略抬起头,眼睛的光从镜片上边射出来,盯到马经理脸上,半晌,扔出一句话:这车票不对呀!

噢?马经理的烟蒂烧了手指头,忙把它丢在地上。

牛会计把车票一张一张排在桌子上,排成了两道火车路线。他说,这边是你去东北的票,这边呢,是你回来的票。可是,这一张是怎么回事?他拿起多出来的一张票,掷到马经理面前。然后,拿审贼一样的眼神,瞧着马经理。

马经理拿起那张票,像是忽然想起来,说,他到达长春后,又坐汽车去吉林,从吉林又返回长春,两张票,准是丢了一张。说着,他翻了翻口袋,又找了一遍,没有找到。他说,丢了就丢了吧,不就是十几块钱吗,肉烂在锅里,报销这一张算了!

但是,这一张牛会计也不给报。他说,马经理,你看看,这张票是吉林的吗?

马经理仔细一看,便责怪自己粗心大意,把一张别处的车票塞了进去!他看了看票价,跟吉林的那张差不离儿,就说,反正票价差不多,就把这张顶那张吧!

顶?牛会计把头摇成了拨浪鼓儿,他说,这是能顶得了的事?

他讥讽地笑笑,就像讥讽一个不懂事的孩子。他又把那张票掷到马经理面前。

马经理的脸唰地白了,他的嘴动了动,把那张票捏在手里,端详着,沉默了一会儿,说,老牛,我看这样吧,我呢,写个证明,就说原车票丢失,签上我的名,盖上我的手章,你看行不行?

牛会计的头又摇起来,好像他的脑袋不会干别的,只会摇。他说,自己给自己做证明?笑话!

那怎么办呢？马经理的脸阴沉起来。

这是财务制度，我有什么办法！牛会计两手一摊。

这样吧，我以公司经理的名义让你这么做。马经理绷着脸，拿出最后的撒手锏。

牛会计的脸难看起来，他摘下眼镜，站起身来，不无揶揄地说，马经理，干脆，你自己也当经理也当会计，一个人管着算了，还要招聘会计做什么？我辞职！

马经理也站起来，他绷着的脸突然笑了，笑得很开心，使牛会计丈二和尚摸不着头脑。

马经理的手在兜里掏了掏，掏出两张票，说，牛会计，你真行！说实话，刚才，我是故意考考你，那两张车票，我没丢，就在兜里装着呢！好，有了你，家里的事我就放心了。今后，就这么办，不管天王老子，不符合财务制度，就不给报销！说完，他紧紧握起牛会计的手，两双手紧紧地握在一起。

没有翅膀的飞翔

我下了客车，茫然地站着。一辆机动三轮车从身边停下，开车的是一个三十多岁的男人，嘴里哼唱着一支流行歌曲，那一句还未哼完，便把剩下的咽回肚里，问我要去哪里。我说要去三里庄，他便朝车斗努一下嘴，说："上来吧！"

车斗里有一只结实的方凳，我坐上去。他回头看我一眼，嘴里很响地打了一个呼哨，车又重新开动了。车开得很快，风从两耳边嗖嗖地吹过，头发向后飘起来。

"姑娘，去三里庄找谁呀？"他嘴里继续哼唱，我听清了，是孙悦的《祝你平安》。虽然五音不全，但哼唱得挺有滋味。

"找我干娘。"我说了干娘的名字。

他回过头来看我，笑着说："噢！我说看着你面熟的样子，这么说，我在你身边停下还是停对了。"

面熟？我怎么没有印象呢？也许我早年去干娘家的时候见过吧？

"哎呀，你干娘经常提起你，挂念你，她说她有一个干女儿在城里，挺自豪的。可是，近几年，你一次也没来看她！"

我心里不禁生出一丝愧疚。干娘是我的乳娘，小时候，我是吃她的奶水长大的。这个世界上唯一让我留恋的，就是干娘，现在，她是我唯一的亲人。可是，我已有好几年没见她。我准备把身上仅有的一点钱交给她之后，就离开这个无情的世界。我虽然年纪不算太大，但却饱尝了生活的艰辛，生意场上几经搏杀，几番沉浮，最后大败，爱人离我而去，朋友也远远地躲我，我的心受了伤，流着血，我的眼前一片黑暗……

忽然，我发现开车的在后视镜里偷偷地看我，便赶紧抹了抹湿润的眼角。

我的心事还是被他发现了，他看着前面说："没有过不去的坎。有什么伤心事，说出来吧！"

我把脸转向一边。我不想说什么，尽管我有一肚子话要找个人倾诉。

他掏出手机接听电话，像是有人问他技术或管理上的什么问题，他详细地解说着，另一手抓着车把，车仍然开得很快。各种车辆在旁边往来飞驰，使人不免对他心存担忧，而且，我也不想在见到干娘之前发生意外,便提醒他慢点。

"没事!"他一点也不在乎,很响地打了一个呼哨,依然飞速前行,好像故意在我面前卖弄他的驾驶技术。他把手机搁进兜里,又从后视镜里看我,说:"人生道路没有平坦的,就说我吧,不,我还是给你讲个故事吧……"

他的脸严肃起来,声音也变得沉重,慢慢地说道:"一个从小就失去父母的人,双腿残疾,不会走路,十几岁了,还没出过家门。十七岁的时候,他觉得不能老吃闲饭,得做点什么。所幸的是,他的两只手很灵巧,胳膊也很健壮,适合砍地毯,便在村里的地毯厂学习砍地毯,很快掌握了砍地毯的全部技术,几年后,他办起了一个地毯厂,自己当老板。现在,好几个村子有他设的点,他每天这里那里跑。"

"跑? 他不能走路,怎么跑?"我不由心生疑问。

他笑了一下,说:"很简单,他的两条腿虽然残疾,但他的心不残疾呀,只要他的心不残疾,不光能走路,还能飞翔!"

他的话说得那样有力,我心里不由微微震动了一下。

他的电话又响了,又有人向他请教什么。看得出,他的业务很忙。

车子进了一个村庄,又进了一个院子,停住了。

我跳下车,四处打量。这是一处新建的四合院,砖墙瓦顶,院子里收拾得干净利落。

"到了,这就是你干娘的家。"

"怎么? 干娘搬家了?"我疑惑地问。

"是这样,你干娘年纪大了,一个人无依无靠,房子也不能住了,我就把她接到我家,把她认作亲娘。这个院子,是我去年新盖的。"他说着,就要下车。我突然发现,他下车的样子竟然十分费力:他先把车斗上的方凳拿到地上,一手扶住车把,一手抓住车座,缓缓移动沉重的身躯,两腿却还僵在原地不动。他用手扯住裤腿,分别挪动双腿,费了好大劲儿才下了车。走路的样子更是艰难:两手扶住方凳,挪一下凳子,再挪一下腿,一寸一寸地向前移动。天哪! 他竟然是一个残疾人!

见我疑惑的样子,他哈哈一笑,说:"我刚才说的那个故事,主人公就是我!"

"啊?"我不由惊住了,呆呆地站着,没有迈动半步。我想起他在半路上说过的一句带有哲理意味的话:"只要心不残疾,不光能走路,还能飞翔!"

他回过头来,冲我热情地说:"妹妹,你愣着干什么? 到家了,快上屋里呀!"然后,他又冲着屋里喊道:"娘! 来客了!"

悠扬的笛声

乐安城里,很多美丽的女人,更多美丽的故事。那个叫美丽的女人的故事,尤其优美动人。

瞧,她来了,抱着咿呀学语的宝宝,在一个货摊前站下。守货摊的也是个俏丽的女子,名叫云儿。美丽经常在这儿买东西。美丽买东西,从不还价儿,付钱的时候也不让找零,丢下钱就匆匆地走。云儿拿着找好的零钱急忙地追,及至追上,又是一番推让。但推让的结果,往往是云儿一脸无奈地拿着那几张零钱,望着美丽的背影远去。

一天,美丽对云儿说,云儿,你每天在这里摆摊,风吹日晒的,白白的脸儿都晒黑了,还是租个店面好。云儿说,哪有那么多钱呀! 美丽说,没钱不要紧,我帮你! 正好,在美丽开诊所的斜对面,有一间店面转让,美丽便帮云儿转下来,又帮她上了货,云云针织百货店正式开张了。没事的时候,美丽就抱着宝宝过来帮忙,忙完了,两个女人就坐下来拉呱。美丽问,云儿,你对象干什么的? 在乐安城里,年轻女人管自己的男人称作对象,不像南方叫什么老公,叫老公太老气,太俗气了。云儿说,她对象给人家干瓦工,一天下来累得贼死。美丽说,他怎么不去当海员? 当海员一年挣十几万,而且干半年,歇半年。云儿的眼睛直了,她不相信这是真的。美丽摇着怀里的宝宝说,他爸爸高建就是海员呢! 说着,甜蜜的笑从脸上溢出来。

这天,诊所门前的广告栏上,贴了一张广告,说是青岛某海运公司招聘海员。美丽很高兴,马上把这消息告诉云儿。可是,云儿看完广告,脸色一下子阴下来,摇着头说,不行,还要交五万块风险金呢,哪儿去借呀! 美丽说,不要紧,我借! 云儿感激地说,美丽姐,交了你这么一个好朋友,是俺哪辈子的造化呀! 不久,云儿的对象大力去当海员了,云儿常常站在门口,遥望天上的白云。

高建回来了。诊所里,响起悠扬的笛声。云儿常常侧耳倾听。云儿也爱好吹笛子,上高中的时候,她曾因为在文艺联欢会上表演笛子独奏而名声大噪,同学们都叫她曾格格。只是随着学生时代的结束,这样的浪漫成了美好的回忆。一阵汽车喇叭声把悠扬的笛声淹没,一辆厢货车停在店门口,送货的来了。云儿便顶着炎炎烈日搬上搬下,衣服被汗水湿透。往常的时候,都是美丽帮着云儿卸货。现在,美丽正忙着给一个病人输液。她看一眼高建,说,云儿进货了,你快去给她帮帮忙。高建放下笛子,逗一下床上的宝宝,快快地出去了。此后,高建便经常去云儿的百货店帮忙,云儿不忙的时候,他就待在里面吹笛子。笛声时而婉转,时而奔放,有时还会传出两只笛子的交响合奏。美丽听了,心里扑扑乱跳。

诊所来了患者,美丽给人家拿药打针。宝宝却不合时宜地大哭起来。美丽冲着门外叫高建,高建迟迟不过来,美丽站在诊所门口高声喊,高建! 高建! 高建还是不出来。美丽便穿过马路,走进百货店,店里空无一人,她心中诧异,忽听楼上传来女人的呻吟声,急忙上楼,只见高建和云儿紧紧抱在一起。

美丽恨死了云儿,她再也不愿意见到她。高建回了老家,他家在乡下。美丽给高建发微信,问他今后怎么办? 高建回说,他想离婚。美丽的心凉到极点。她不想在这条街上待下去,在一个雨雾蒙蒙的下午,她把诊所搬到另一条街上。抱着宝宝出门的时候,瞅一眼对面,百货店的门紧紧关着。她眼眶一热,晶莹的泪珠滚出来……

光阴穿梭,不觉冬去春来,夏天又至。过去的一切渐行渐远,美丽艰难地疗养着心底的创伤,把一个一个难熬的日子撂在身后。

夜里,一阵幽幽的笛声把美丽从睡梦中惊醒。笛声从城墙那儿吹过来。一连几个夜晚,城墙那儿都会响起这样的笛声。笛声低回哀怨,吹笛人好像有什么伤心事。

又一个月夜,美丽被那笛声搅扰得睡不着,便披衣下床,走出诊所,她想看看在这儿吹笛子的究竟是什么人? 不远就是城墙,顺着台阶爬上去,月光下,一个年轻女人坐在石凳上,拿一只笛子呜呜咽咽地吹。深更半夜,她一个人坐在这里怎么行呢? 美丽为她担心,她想把她劝回家。可是,走到跟前,她吃了一惊,吹笛子的女人,居然是云儿!

美丽转身走下城墙。可是,当她的脚迈下最后一级台阶,忽然站下了。因为刚才她跟云儿一照面的刹那,觉得云儿很有些异样,只见她头发凌乱,目光呆滞,像是神经出了毛病,那样子实在可怜。深更半夜,一个年轻女人独自待在这里,碰上坏人怎么办?美丽心软了!于是,她又爬上城墙,拉住云儿的手,问道,云儿,你怎么了?云儿放下笛子,冲美丽冷笑,然后指着美丽的鼻子大喊,高建,你是个骗子!

美丽搀起云儿,声音温和地说,云儿,走,咱们回家。

云儿顺从地站起身,只听啪嗒一声响,笛子落在脚下。

美丽看一眼那支笛子,犹豫了一下,还是弯腰拾起来,搀着云儿下了城墙⋯⋯

哭泣的小河

夏天的小河碧波荡漾,两岸青青的庄稼,葱茏的树林映进水里,更是一片翠绿。

小淘气要下河洗澡,他站在河边,脱得一丝不挂,就要往下跳。

忽然,他看见柳叶老师从河堤上急匆匆地走下来。柳叶老师是师范学院毕业的大学生,来到村小学教书刚刚半个月。每天中午,她都来河边看看,她怕学生偷偷来河里洗澡。小淘气很喜欢柳叶老师。柳叶老师长得漂亮,白白的脸,细细的眉,两颗黑葡萄似的大眼睛,一笑两个酒窝儿。她爱穿白色连衣裙,白色凉鞋,远远看去,就像一朵飘动着的洁白的云。她的脾气也好,不喜欢训人,即使作业做不好,她也不训你,而是用那双黑葡萄似的大眼睛,定定地瞅你,瞅得你不好意思,满脸发窘,恨不得找个地缝钻进去!下次做作业时,再也不敢懈怠了。他对柳叶老师怀有一种特殊的感情,每当看见她,他就会情绪激昂,思维也特别敏捷,总是想在柳叶老师面前表现一下。但是,让小淘气感到特别不快的是,柳叶老师不让学生随便去河里洗澡,说是怕出危险。嗨!洗个澡有什么呀!正好,今天,他要当着柳叶老师的面,好好表现一下,给她一个惊喜!

　　小淘气水上功夫实在厉害,他不仅会像蛤蟆那样趴在水面上游,会肚皮朝上仰游,会站在水里露出两个肩膀踩露水儿,最拿手的是扎猛子,几乎没有人能比得上他。他能一口气扎到河对岸,再从那边扎回来,中间不换一口气儿。当人们四下里寻找他时,他却突然远远地冒出头来,抹一把脸上的水星子,调皮地笑。不过,柳叶老师并不知道这些,他想在柳叶老师面前,把这些本领好好表演一回,让老师开开眼。他先表演扎猛子,只见他脚尖用力,轻盈地跳起老高,像个跳水运动员那样,在半空划了一个圆弧,头朝下扎下水去。就在这一刹那,他看见了老师的倒影了,倒立着的柳叶老师是另外一种样子,两只朝上的穿着白色凉鞋的脚快速地倒换着,向水边奔来,白色的裙子的喇叭口是朝上的,两条胳膊长长地向前伸去,像是要抓住什么,嘴巴圆圆地张开着,大声地喊着他的学名:"张——小——河——"

　　那个"河"字,是他在水里隐隐约约听到的。小淘气一经入水,就一口气往里扎,像离弦的箭一样向前蹿。这条河他非常熟悉,他不仅经常在河里洗澡,还不断来摸鱼,捞蛤蜊,蛤蜊肉特鲜,放上韭菜一炒,那滋味,啧!香喷喷的!他想,抽空给柳叶老师捞点蛤蜊,让她尝尝蛤蜊肉的滋味。游到河中心的时候,他还仿佛听见柳叶老师急迫的叫喊。他开心地想,喊什么呀,一会儿就出来了!接着,又听见"扑通"一声响,也许是一条大鱼跳出了水面。

小淘气摸到河对岸了,他想露出头来稍稍喘口气,但他只是这样想了一下,并没这样做,既然想在老师面前显露一下,就要把真本领拿出来!他憋紧了气,转过头来原路返回,嘿嘿,他准备在柳叶老师四下张望的时候,立即出现在她面前,给她一个冷不防!

前天,柳叶老师带领同学们做老鹰捉小鸡的游戏,老师当"鸡妈妈",十几个同学当小鸡,排成队尾随在老师的身后,小淘气扮演老鹰。他一次次向小鸡扑去,而当"鸡妈妈"的柳叶老师总是成功地把他挡住。终于,小淘气略施一计,给老师来了一个冷不防,迅猛地扑过去,就在他将要捉住一只"小鸡"的时候,"鸡妈妈"及时赶来,老鹰躲闪不及,一头撞进老师怀里,老师紧紧抱住他,怕他摔倒。他极力挣扎,也未能挣脱掉。他贴得老师这样紧,老师身上的芳香,浸入心脾,简直叫他陶醉。小同学们冲他哈哈大笑,这个十三岁的小男孩,却一下子羞红了脸,他不知该说什么才好。老师笑了,脸上浮出两个好看的酒窝。

小淘气又潜回来了,他猛然钻出水面,抹了一把脸上的水珠儿,向岸上看去,然而,却不见老师的身影。只有一双白色的凉鞋不规则地摆在那里。那是老师的凉鞋。

咦?他使劲瞪大了眼睛,四处张望,没有!

老师——老师——

他大声地叫着。然而,没有一点回应。他回想起下水前柳叶老师的样子,那急急向水边迈动的穿着白色凉鞋的脚,那长长的向前伸出的手,那大声的呼叫,还有那"扑通"的一声像是一条大鱼跳出水面的响声……

小淘气忽然意识到了什么,他扭头看河里,河水滔滔地流着,他的眼泪不由唰唰地滚落下来,流进滔滔的河水里。他朝着河水高声喊着:

老师——老师——

仍然没有回应。他蹲下身去,抱起柳叶老师那双白色凉鞋,不禁号啕大哭起来。

河水鸣咽着,滔滔地向东流去。

反对票

李希三从局长位子上退下来,走进霍然茶社,在一个靠窗的位置坐下,要了一杯茶,眼睛投向窗外。这是他第一次来这家茶社,这里的一切他都感到新鲜。虽然每天上下班都要路过这里,也曾想上来喝喝茶,聊聊天,但是,一个接一个的工作催着他,就像大风中的风车,一个劲地转不停,一直没有时间。回眸担任局长的这些年,每日每时不如同箭在弦上,片刻不敢放松,深恐有半点闪失。还好,自己在任期间,所作所为有目共睹,虽不敢说有口皆碑,但对得起自己的良心是肯定的!

王大为在李希三对面的位置上一屁股坐下,一口喝光服务员端过来的一杯热茶。他是应李希三之约,来跟老局长聊天的。两个人都不嗜烟酒,都爱好喝茶。不同的是,李希三温和谦恭,而王大为则性格直率。按说，王大为心里应当高兴才是，因为经过李希三力荐，他荣升为代局长，只等任命状下来，就是名副其实的局长了！但他面色阴沉，两把刷子似的眉毛紧紧地蹙着，好像心事重重的样子。李希三看他一眼，知道他心里想什么。因为就在前天，在上级组织部门来人考察他的民主测评会上，有五个人给他投了反对票！虽然这区区五张反对票与二十几张赞成票比起来不算什么，但是他心里毕竟不痛快！他懊恼地想，这几个人究竟是谁呢？

大为，李希三呷了一口茶，说，十年前，在考察我的民主测评会上，也有一个人投了反对票！

王大为眼里显出一丝愧疚，低下头去。不错，那个投反对票的就是他。

当时，说真心话，我心里特别沉重。李希三抬手搔了搔花白的头发。我把这张反对票郑重地搁在心里，时时不能忘记。

王大为看一眼李希三，想说什么，但又把嘴边的话咽回去。十年前，李希三是副局长，王大为从别的单位调过来不久，他对李希三并不了解，他只是直率地认为，既然是组织考察，就不能没有不同声音，就不能没人唱黑脸，于是，他投了反对票。

后来，在跟李希三工作一段时间后，他就后悔了。他看出，李希三作风正派，公正无私，严于律己，选他当局长选对了，他真不该投那张反对票。尤其是，李希三对王大为的工作能力颇为欣赏，把许多重要工作都让他去做，三年前，又跟上级建议，提拔他担任常务副局长。可以这么说，李希三对他王大为有知遇之恩。多年来，他几次想要告诉老局长，投反对票的就是我，但是一直没有坦白的勇气。

其实，我非常感谢这一张反对票！李希三指了指头顶，十年

没有翅膀的飞翔

来,这张反对票就像一条举在头上的鞭子,时刻鞭策着我,警告着我,使我像一头拉车的老黄牛,一直老老实实向前走,不能走歪路,不能走邪路!我无时无刻不在想,如果没有这一张反对票,我不敢想象,到现在,我会是一个什么样子,也许……

李希三眼圈一红,说不下去了。沉默了一会儿,接着道:一把手握有绝对的权力,在对权力没有有效制约的情况下,权力如何用,为谁用,是为人民群众,还是为个人私利,只能凭自己的良心来把握。有一回,我弟弟领着一个开发商季先生来找我,想要一个建设项目。季先生跟我弟弟是战友,曾经救过我弟弟的命。他来了,我很为难。给他和不给他都在一念之间。但是,我最终还是回绝了他,因为我想起了那张反对票!

王大为也熟悉这位季先生,是一位正直的商人。后来,季先生听从李希三的建议,参加公开招投标会,拿到了项目。

当然,类似这样的事情还有很多。关键的时候,都是那张反对票发挥了重要作用。李希三说罢,紧紧握住茶杯,就像握住那张反对票。

王大为心里忽然打开一扇门,豁然开朗了!同时,他也明白了老局长约他来霍然茶社聊天的真正用意。今后,他也要像老局长一样,把反对票当作高举在头顶的鞭子。他问道,局长,你想知道,十年前,那张反对票是谁投的吗?

李希三豁达地笑了笑,说,这已经不重要了!

王大为感慨万千,一直皱着的两把刷子似的眉毛不由松开。他一脸敬佩地看向老局长,发现对方那温和的,充满无限希望的眼睛正在注视着自己。到现在,他才真正了解老局长。同时,他也不再猜想那几个投反对票的人究竟是谁了!